TodesFall

Jürgen Edelmayer

TodesFall

Dieser Roman spielt in Wiesbaden und Umgebung. Namen, Personen und Handlung sind frei erfunden. Etwaige Ähnlichkeiten mit real Existierenden sind rein zufällig und nicht beabsichtigt.

Bibliografische Information der Deutschen Nationalbibliothek: Die Deutsche Nationalbibliothek verzeichnet diese Publikation in der Deutschen Nationalbiografie; detaillierte bibliografische Angaben sind im Internet über http://dnb.dnb.-de/abrufbar.

Jürgen Edelmayer
TodesFall
Neubearbeitung 1. Auflage Juli 2021
Herstellung und Verlag:
BoD – Books on Demand, Norderstedt
ISBN: 978-3-7526-4003-8
Umschlagbild: Jürgen Edelmayer

„Die Welt der Kunst und Phantasie ist die wahre,

the rest is a nightmare." Arno Schmidt

Kapitel 1

Eine Sekunde nachdem ich das Büro der Anzeigenabteilung des Wiesbadener Lokalblattes betreten hatte, wollte ich diesem Ort bereits wieder den Rücken kehren. Die blonde Frau um die Mitte dreißig, die hinterm Schalter saß, kannte ich und sie war mir nicht in guter Erinnerung geblieben. Zwar wusste ich, dass Astrid Schenk bei der Zeitung, wo ich meine Anzeige aufgeben wollte, beschäftigt war. Allerdings als Journalistin, wenn ich mich recht erinnerte. Müsste ich ihre herausragendsten Charaktereigenschaften beschreiben, würden mir zuallererst Rücksichtslosigkeit und Karrierebesessenheit einfallen. Sie war zudem der Typ Frau, die Männer ausschließlich in zwei Kategorien einteilte: Potentielle Liebhaber und Idioten. Dazwischen gab es für sie nichts. Diese Dame ließ keinen Zweifel daran, zu welcher Sorte ich ihrer Ansicht nach gehörte. Kleiner Tipp, potentieller Liebhaber wäre die hier falsche Antwort. Zugegeben, sie sah gut aus, war attraktiv und hatte eine tolle Figur. Was ihren Charakter betraf, fiel mein Urteil jedoch deutlich negativer aus. Dass ich ihr hier begegnete, deutete ich als schlechtes Omen für den heutigen Tag, der eigentlich einen angenehmen Ausklang hätte nehmen sollen.

Am Abend wollte ich mich mit Freunden in unserem Stammrestaurant treffen und gemütlich beisammen sitzen. Zuvor wollte ich etwas für meine (ha, ha) Karriere, tun und eine Kleinanzeige aufgeben. Die sollte für mein inoffizielles Unternehmen mit dem schönen Namen *info-hunt* werben und Arbeiten aller Art offerieren. Die Lust zur Veröffentlichung der Annonce war mir jedoch beim Anblick von Astrid Schenk gehörig vergangen. Mein Trost war, dass ich wenigstens heute Abend von ihr verschont bleiben würde, denn obwohl sie meine Freunde, mit denen ich verabredet war, kannte, wäre keiner von ihnen auf die Idee gekommen, sie einzuladen.

„Was ist los, sind Sie festgewachsen oder was?", begrüßte sie mich mit ihrer ruppigen Art.

„Und Sie, strafversetzt?", gab ich bissig zurück. Der wütende Blick, mit dem sie mich bedachte, verriet, dass ich ins Schwarze getroffen hatte. Ich legte das fieseste Grinsen auf, das mir zur Verfügung stand und genoss meinen augenblicklichen Triumph. Charakterlich war das gewiss keine Glanzleistung, aber was diesen Punkt anging, standen wir uns in nichts nach.

„Wollen Sie jetzt Ihre Annonce aufgeben oder nicht", fuhr sie mich an. Ich habe noch anderes zu tun und außerdem ist bald Anzeigenschluss."

„Na schön, bitte schreiben Sie ..." Ich diktierte ihr meinen Text. Astrid Schenk lachte auf. „Arbeiten aller Art? Haben Sie nichts Anständiges gelernt?"

„Anzeigentippse vielleicht?", gab ich verärgert zurück und registrierte zufrieden, wie es in ihrem Gesicht arbeitete. Mit versteinerter Miene reichte sie mir ein Formular.

„Füllen Sie die Einzugsermächtigung aus, falls Sie überhaupt ein Girokonto haben."

Ich hatte keine Lust mehr auf diesen Streit und füllte das Blatt stillschweigend aus. Innerlich kochte ich aber vor Wut, vor allem darüber, dass mir auf Schenks jüngste Bemerkung keine schlagfertige Antwort einfallen wollte.

Missmutig verließ ich das Redaktionsgebäude und kaufte auf dem Weg nach Hause noch einige Dinge für meinen täglichen Bedarf ein: Keine Zigaretten, keinen Alkohol, keine Wurst und auch kein Fleisch, denn ich ernährte mich rein vegetarisch und Kaffee war das einzige Suchtmittel, das ich mir regelmäßig zu Gemüte führte.

Zu Hause hörte ich als erstes meinen Anrufbeantworter ab. Nichts von Bedeutung. Lediglich eine Aufforderung, Taste eins meines Telefons zu drücken, wenn ich an einem Gewinnspiel teilnehmen wollte. Die Durchforstung meiner E-Mail Konten ergab ein ähnlich niederschmetterndes Ergebnis. Zwei Dutzend Spam-Mails und sonst nichts. Meine finanziellen Reserven waren nahezu aufgebraucht. Ich brauchte dringend einen Job.

Bis zu meiner Verabredung am Abend hatte ich noch etwas Zeit. Ich wollte mich ablenken und schaltete den Fernseher ein. Kaum zu glauben wie schnell ich mich an dieses Gerät gewöhnt hatte. Noch vor wenigen Jahren waren ein simples Tischradio und ein altes Mobilfunktelefon meine einzigen medialen Verbindungen zur Außenwelt gewesen. Dann hatte mich Maschine mit einigen seiner ausrangierten Elektronikgeräte versorgt. So war ich unter anderem in den Besitz dieses Fernsehers gekommen, vor dem ich seither mehr Zeit verbrachte, als mir guttat. Privatsender schaute ich kaum, da mir die ständige Werbung auf den Zeiger ging. Ich zappte durch die öffentlich-rechtlichen Programme und blieb bei der Wiederholung eines Krimis im Vorabendprogramm hängen. Auf dem Bildschirm schleppte sich gerade ein Privatdetektiv in biblisch hohem Alter dahin. Noch so ein Kerl mit Lederjacke, der keinem gescheiten Beruf nachgeht, dachte ich. Mir wurde Angst und Bange. Sah so meine Zukunft aus? Seit mehr als fünf Jahren bot ich meine Dienstleistungen aller Art an und lebte davon mehr schlecht als recht. Von zeitlich befristeten Hilfsarbeiterjobs wurde man nicht reich. Einige Male war ich als Privatermittler tätig gewesen, darunter zweimal in bedeutenderen Fällen. Zwar konnten die unter meiner Mitwirkung aufgeklärt werden, aber es hatte jedesmal Tote gegeben. Hätte ich klüger agiert, könnte mancher von ihnen noch am Leben sein. Die Erinnerung an mein Versagen ließ mich nicht los und bescherte mir in Abständen manch dunkle Stunde.

Ich verfolgte die Handlung auf dem Fernsehbildschirm ohne großes Interesse. Irgendwann bekam der Detektiv eins über den Schädel und flirtete anschließend ungeniert mit einer Frau, die altersmäßig locker seine Enkelin hätte sein können. Zu meiner Überraschung ging die junge Dame auf die Avancen ein. Es war an der Zeit, den roten Knopf der Fernbedienung zu drücken. Ich sah auf die Uhr und stellte fest, dass ich mich ohnehin beeilen musste, um pünktlich zu meiner Verabredung zu kommen.

Mit einigen Minuten Verspätung traf ich in meinem in der Schiersteiner Straße gelegenen Lieblingsrestaurant ein. Wenigstens war mir als Verkehrsteilnehmer ohne Führerschein die lästige Parkplatzsuche erspart geblieben. Sigrid Beck, eine (nicht meine) Freundin von mir, die erfolgreich als selbstständige Fotografin mit eigenem Studio in Taunusstein arbeitete und der ich hin und wieder als Teilkörpermodel meine Knie für Werbeaufnahmen zur Verfügung stellen durfte, saß bereits mit meinem väterlichen Freund Kommissar Auguste Le Meur an einem Tisch. Die beiden ließen sich diverse Antipasti schmecken, die ihnen von den stets gut gelaunten Betreibern des Restaurants, den Zwillingen Winnie und Bodo Watzl, liebevoll dekoriert serviert worden waren.

Ich wurde mit offenen Armen begrüßt und erhielt von Winnie Watzl sogleich eine Auflistung der vegetarischen Gerichte und alkoholfreien Cocktails. Keine Frage, die Brüder verstanden es, Gäste dazu zu bringen, sich sofort bei ihnen heimisch zu fühlen. Die beiden zogen aber auch wirklich eine tolle Show ab. Sie tänzelten durch das Lokal, balancierten Platten und Teller in atemberaubender Zahl auf ihren Händen und Armen, trällerten ihre Erfolgsschlager *Komm in die Puschen, Marie* und *Marie, komm in die Puschen*, mit denen sie es sogar in der Fastnachtshochburg jenseits des Rheinufers zu einiger Berühmtheit gebracht hatten, aus vollem Hals und hatten ansonsten stets ein aufmunterndes Wort oder einen kessen Spruch auf den Lippen.

„Wie geht es eigentlich unserem Freund Stefan?", fragte ich Bodo, der gerade unter einer Verrenkung, die einem Kontorsionisten Ehre gemacht hätte, den Gruß aus der Küche, selbstgebackenes Weißbrot und Frühlingsquark mit frischen Kräutern in verschiedener Auswahl, vor mich hinstellte. Das Fastfood-Restaurant der Watzls hatte sich unter ihrer Leitung zu einem regelrechten Gourmettempel gemausert. Nur die einfach gehaltene Einrichtung mit der rustikalen Theke und den schmucklosen Tischen glich noch den Ausstattungen herkömmlicher Anbieter von Schnellgerichten. Wenn ich den regen Unternehmergeist der Zwillinge richtig einschätzte, würde sich auch das in absehbarer Zeit ändern.

„Der Lurch mit der großen Nase steht in der Küche und lässt seine Aggressionen an ein paar Kalbsschnitzeln aus", erklärte Bodo. „Entschuldige, Tim", fügte er bedauernd hinzu.

„Keine Ursache", gab ich zurück. „Ich weiß ja, dass sich nicht alle Welt vegetarisch ernährt und ich einer Minderheit angehöre."

Aber so waren sie, die Watzl-Zwillinge. Kaum hundertsechzig Zentimeter hoch, aber Herzen so groß wie das sprichwörtliche Scheunentor. Ohne sich im Mindesten dafür feiern zu lassen, hatten sie Stefan Rabenacker, der vor einigen Jahren von einem Profikiller gejagt worden war, bei sich aufgenommen. Selbst der stets übel gelaunte Lurch konnte sich dem Charme der Watzls nicht entziehen und war, auch nachdem der Killer gestellt worden war, bei den Zwillingen geblieben. So sehr sich die Brüder auch untereinander zoffen konnten, meist ging es dabei um Winnies ungesunde Vorliebe für Curryketchup, ihren Gästen und Freunden gegenüber legten sie stets das größtmögliche Maß an Taktgefühl an den Tag. Äußerlich unterschieden sich Bodo und Winnie nur dadurch, dass Letzterer über mehr Haupthaar verfügte als sein Bruder Bodo. Stefan, *der Lurch*, Rabenacker, war inzwischen ein fester Mitarbeiter der Zwillinge geworden. Tatsächlich fielen mir erst jetzt die dumpfen Schlaggeräusche auf, die aus der Küche herausdrangen. Kraftvolle, in schneller Folge ausgeführte Schläge. Kein Zweifel, da stand jemand mächtig unter Dampf.

„Wie geht es ihm denn?", fragte ich noch einmal.

„Im Service können wir ihn leider immer noch nicht einsetzen", antwortete Bodo. „Wir haben es etliche Male versucht, aber stets kam von der Suppe nichts mehr bei den Gästen an. Stefan zitterte so stark, dass alles auf den Boden schwappte."

Ich konnte es dem Lurch ebenso wenig wie die Watzl Brüder verdenken. Das Trauma, kurz nach dem Servieren von Suppe von einem Berufskiller beschossen worden zu sein, saß bei Stefan so tief, dass es ihm wohl für den Rest seines Lebens erhalten bleiben würde.

„Meinst du, ich kann ihm kurz „Hallo" sagen?"

Bodo legte die Stirn in Falten und wog seinen Kopf hin und her. „Ist keine gute Idee, Tim. Stefan scheint es gerade heute nicht so besonders zu gehen. Um ehrlich zu sein, er hat mich sogar gebeten, dass er den ganzen Abend in der Küche bleiben kann, damit er keinem von euch über den Weg läuft. Aber das hast du jetzt nicht von mir, klar?"

Ich versuchte, mir nichts anmerken zu lassen, aber diese Aussage verletzte mich doch sehr. Ich hatte ernsthaft geglaubt, der Lurch und ich wären im Lauf der Jahre so etwas wie Freunde geworden. Da hatte ich mich wohl getäuscht. Aber vielleicht hatte er nur eine seiner Launen und meinte es nicht ernst. Ich war immer noch fest entschlossen, mir die Stimmung nicht verderben zu lassen.

„Richte ihm bitte meinen Gruß aus", sagte ich zu Bodo und wandte mich wieder meiner Mahlzeit zu. Irgendwie wollte sie mir nicht mehr ganz so gut schmecken, wie noch vor wenigen Minuten.

„Reichst du mir bitte das Salz?", fragte Auguste, der derjenige gewesen war, der damals den Auftragsmörder Sugar erschossen und somit Stefans Leben gerettet hatte. Ich reichte ihm das Salz, richtete meinen Blick auf Sigrid und fragte mich, ob sie die Enttäuschung, sich in den Killer verliebt zu haben und von ihm hinters Licht geführt worden zu sein, über die Jahre hinweg völlig verwunden hatte. Ja, wir hatten alle unsere Geschichte. Jeder Mensch hat eine, mindestens. Im Alltag sind wir von unseren Mitmenschen schnell genervt. Wir regen uns zum Beispiel über den Kerl im Supermarkt auf, der an der Kasse bezahlen möchte und so lange in seinem Portemonnaie nach Kleingeld sucht, bis wir die Geduld verlieren. Oder wir verwünschen den Fahrer im Auto vor uns, der an der Ampel den Motor abwürgt, uns im Weg steht und dafür sorgt, dass wir erneut auf grün warten müssen. Wenn wir aber jemanden so gut kennen lernen, dass er uns vertraut und seine Geschichte oder wenigstens eine davon erzählt, sehen wir diesen Menschen möglicherweise mit anderen Augen, weil wir aufgrund seiner Geschichte verstehen, was ihn so hat werden lassen, wie er sich heute gibt, warum er sich so und nicht anders verhält, und so weiter.

Auch Auguste Le Meur hatte seine Geschichte. Nein, nicht bloß eine. Sein Spitzname war Jelzin, weil er wie der frühere russische Präsident nur noch drei Finger an seiner linken Hand hatte (wobei ich mir nicht sicher war, dass es bei Boris Jelzin wirklich die linke Hand war). Auf welche Weise Auguste seine Finger verloren hatte, wusste ich nicht, wohl aber, dass der Franzose gar nicht hierher gehörte und bei der Wiesbadener Polizei schon gar nichts mehr verloren hatte, dort aber trotzdem bereits seit vielen Jahren seinen Dienst versah. Ursprünglich war Auguste Le Meur im Rahmen eines deutsch-französischen Austauschprogramms zwischen der Polizei beider Länder nach Wiesbaden zum Bundeskriminalamt gekommen, aber nach Ablauf der für seinen Dienst in der hessischen Landeshauptstadt vorgesehenen Zeit schlicht und ergreifend einfach vergessen worden. Aufgrund einer Laune der Bürokratie wurde er auch bei seiner Heimatdienststelle in Frankreich nicht vermisst, weil man dort annahm, dass sein Arbeitsplatz bei der Behörde dem allgemeinen Sparzwang zum Opfer gefallen war. Jemand aus unserer Clique, der heute Abend fehlte, war es gewesen, der mit seinen Computerkenntnissen Auguste eine lupenreine Vita für dessen weiteren Verbleib bei der Wiesbadener Kripo verpasst hatte. Denn Auguste Le Meur gefiel es mittlerweile in Deutschland so gut, dass er, nachdem er viel zu spät gemerkt hatte, dass sein Aufenthalt in Wiesbaden bereits Überlänge hatte, keinerlei Neigung verspürte, nach Frankreich zurückzukehren.

Wir hatten wie gesagt alle unsere Geschichten. Manche waren traurig, andere tragisch, manche zuweilen lustig, aber meine war richtig hässlich.

„He Tim, was ist los mit dir? Du bist so still."

13

„Entschuldige Sigrid, ich war gerade in Gedanken. Habe ich etwas verpasst?"

„Wenn du es bis jetzt noch nicht probiert hast, dann dieses wundervolle Kartoffelgratin. Keine Angst, es ist kein Dörrfleisch oder Speck drin. Also beeile dich, solange noch etwas davon da ist!"

Ich reichte Auguste meinen Teller und ließ mir von ihm auflegen. Ich riss mich zusammen und bemühte mich, der Unterhaltung meiner Freunde zu folgen. Eigentlich amüsierten sich die beiden auch ohne mich ganz prächtig, was mich besonders bei Le Meur mächtig wunderte. So selbstbewusst und souverän er sonst auftrat, wirkte er im Umgang mit Frauen zuweilen recht unbeholfen, beinahe gehemmt. In seiner ganzen Art erinnerte mich der mittlerweile auf die Mitte seiner fünfziger Jahre zugehende Franzose an die alten Westernhelden, die von John Wayne oder James Stewart dargestellt worden waren.

Sigrid hingegen schien sich in Le Meurs Gegenwart äußerst wohl zu fühlen. Da ich es nicht besser wissen konnte, musste ich annehmen, dass sie mit ihm flirtete, was das Zeug hielt. Arme Sigrid, so erfolgreich sie als freie Fotografin und Geschäftsfrau war, so sehr versagte sie bei der Auswahl ihrer Liebhaber. Ständig war sie auf der Suche. Nicht, dass ich meinen beiden Tischgenossen ihr Glück nicht gegönnt hätte, aber als Paar konnte ich sie mir nun beim besten Willen nicht vorstellen. Der kantige, beinahe hünenhafte Franzose mit dem dichten Schnauzbart wirkte eher wie der Vater von Sigrid, die gerade die zweite Hälfte ihrer dreißiger Jahre erreicht hatte. Zumal die dunkelhaarige Fotografin wegen ihrer Nickelbrille, von der ich vermutete, dass sie sie gar nicht brauchte, beinahe wie ein Teenager aussah.

Es hätte ein unbeschwerter Abend sein können, frei von allen trüben Stimmungen. Aber das galt nicht für mich. Meine Stimmung hatte mit dem einzigen Abwesenden zu tun, der in unserer Runde fehlte. Eigentlich hieß er Henning und war mein bester Freund. Aber seit der Sache damals wollte er nicht mehr bei seinem Taufnamen genannt werden, sondern nur noch Maschine oder Cyborg. *Die Sache damals* hatte dazu geführt, dass er heute mehr künstliche Körperteile in sich trug, als organisches Leben, und Henning wäre sicher nicht mehr mein Freund, wenn er wüsste, dass ich die Schuld an seinem Zustand trug. Es war eine Schuld, die zu verdrängen ich mich täglich bemühte, die mich aber von innen her auffraß und langsam aber sicher um den Verstand brachte.

Kapitel 2

Diese Sache von damals war also schon viele Jahre her. Henning war Glücksspieler gewesen und schließlich der Spielsucht verfallen. Kein Spieltisch, kein Spielautomat war vor ihm sicher. Er hatte vergeblich gegen die Sucht angekämpft und alles Mögliche versucht, sich sogar selbst bei der Spielbank sperren lassen, aber es hatte alles nichts genutzt. Die Sucht war stärker gewesen, und um sie zu befriedigen, hatte sich Henning schließlich auf illegale Pokerrunden mit dubiosen Typen in dunklen Hinterzimmern eingelassen. Natürlich steckte er bald bis über beide Ohren in Schulden, die er nicht bezahlen konnte. Eines Abends schließlich führte mich mein Nachhauseweg durch die örtliche Albrecht-Dürer-Anlage, einem seitlich der aus der Stadt führenden Aarstraße gelegenen Park. Es war Vollmond und die helle Scheibe beleuchtete eine grauenvolle Szene, deren unfreiwilliger Zeuge ich wurde. Zwei Männer schlugen mit Eisenstangen auf eine am Boden liegende Gestalt ein, die ich bei näherem Hinsehen als meinen Freund Henning oder das, was von ihm noch übrig war, identifizieren konnte. Während der ganzen Zeit war ich untätig geblieben, unfähig, mich zu rühren, im wahrsten Sinne des Wortes erstarrt vor Angst. Damals besaß ich natürlich noch kein Handy und selbst, wenn ich eins gehabt hätte, wäre ich wahrscheinlich nicht in der Lage gewesen, es zu benutzen. Ich hockte still und zitternd in meinem Versteck hinter dem Gebüsch und wartete ab, bis die zwei Schläger ihr Gemüt an Henning gekühlt und sich schließlich davongemacht hatten. Dann erst fand ich den Mut, nach meinem Freund zu sehen und eine Ambulanz zu rufen. Damals gab es noch mehr Telefonzellen als heute und glücklicherweise musste ich nicht weit bis zur nächstgelegenen laufen. Der Notarztwagen kam schnell und verfrachtete Henning in die städtischen Kliniken, die er nach rund einem Jahr Aufenthalt mit beinahe mehr künstlichen als organischen Körperteilen wieder verließ. Eines seiner Augen war dermaßen geschädigt, dass es durch ein Glasauge ersetzt werden musste. Sein rechter Arm würde für den Rest seines Lebens steif bleiben. Als Linkshänder hätte es ihn noch schlimmer treffen können, aber Henning mit einem entsprechenden Hinweis trösten zu wollen, würde wohl nur einem Zyniker in den Sinn kommen. Die Schläger hatten auch seine Beine zertrümmert. Fortan konnte Henning sich nur noch im Rollstuhl vorwärts bewegen.

Trotz seines schweren Schicksals kämpfte sich Henning zurück ins Leben, allerdings zu dem Preis, dass er seine frühere Existenz komplett aufgab und sich eine neue Identität zulegte. Cyborg oder Maschine nannte er sich fortan und wollte auch von allen, mit denen er zu tun hatte, so genannt werden. Er wohnte zwar ebenerdig im Wiesbadener Stadtteil Biebrich, ging aber so gut wie nie vor die Tür. Stattdessen bewegte er sich virtuell im weltweiten Computernetz, erlernte das Programmieren und brachte es darin zur Meisterschaft. Für den Cyborg gab es kein Netzwerk, in das er sich nicht einhacken konnte. Selbst die Computerarchive von Behörden waren vor seinem Zugriff nicht sicher und so verschaffte Maschine sich und seinen Freunden, darunter auch dem Kriminalbeamten Auguste Le Meur, nach Belieben jede amtliche Bescheinigung.

Was mich betraf, so wollte ich Wiesbaden endgültig den Rücken kehren. Ich zog in ein kleines Nest im Hintertaunus, wo ich mich für die folgenden Jahre vergrub und verzweifelt versuchte, irgendwie wieder Tritt zu fassen. Ich ging sogar so etwas wie eine feste Bindung ein, scheiterte aber grandios und kehrte wider besseres Wissen doch wieder in die hessische Landeshauptstadt zurück. Da war ich nun, ohne festes Einkommen, brauchte dringend ein Dach über dem Kopf und war nach gut der Hälfte meines Lebens bereits an dessen Ende angekommen. Ich hielt mich seither mit Gelegenheitsarbeiten über Wasser, wobei ich für meine Dienstleistungen aller Art mit solchen Annoncen warb, wie ich sie am Mittag des heutigen Tages bei Astrid Schenk in Auftrag gegeben hatte. *Info-hunt, Arbeiten aller Art* lautete der Text auf meinen Visitenkarten. Schon kurios, für was ich alles angeheuert wurde. Mein Job als Teilkörpermodell für Sigrid nahm sich gegen andere Aufträge, zu deren Durchführung unter anderem die erwähnten detektivischen Ermittlungsarbeiten vonnöten waren, noch vergleichsweise harmlos aus. Mein Traumjob, ein simpler Botengang, an dessen Ende mich nach erfolgreicher Erledigung ein fürstliches Trinkgeld erwartete, das mich mit einem Schlag aller finanzieller Sorgen entledigte, war mir bisher leider noch nicht untergekommen. Dafür hatte ich, wie ich bald erfahren sollte, trotz der geringen Zahl der von mir bearbeiteten Detektivfälle, in manchen Kreisen anscheinend einen gewissen Ruf als Detektiv ohne Lizenz erlangt. Dabei war mein erster Fall ein einziges Desaster gewesen, bei dem ich beinahe ums Leben gekommen wäre. Meine Rettung verdankte ich ausgerechnet Maschine, der die beiden Männer, die mich in die Mangel genommen hatten, mit zwei Giftpfeilen getötet hatte. Eine Tat, für die mein Freund bis heute nicht zur Rechenschaft gezogen worden war.

Wir verließen das Restaurant der Watzl-Brüder weit nach Mitternacht. Le Meur hatte sich allen Avancen Sigrids zum Trotz als äußerst standhaft erwiesen. Daher trennten sich vor dem Restauranteingang unsere Wege. Während Sigrid in ihren blauen Mini Cooper stieg, folgte ich Auguste zu dessen roten Alfa Romeo. Seit ich ihn kannte, fuhr der Franzose nur verschiedene Modelle dieser italienischen Automarke. Wie üblich legte er einen halsbrecherischen Fahrstil an den Tag, der meiner Gesichtsfarbe einen ungesunden Teint verlieh.

Nachdem Le Meur mich abgesetzt hatte, ging ich durch einen Hof zu dem Hinterhaus, in dessen oberstem Stockwerk sich meine Wohnung befand. Ich hatte gerade die erste Stufe der letzten Treppe betreten, die zu meiner Zweizimmerwohnung ohne Bad, aber mit Toilette im Treppenhaus führte, als ich am oberen Ende eben dieser Treppe eine Gestalt sitzen sah. Sie schien mich gar nicht bemerkt zu haben. Ihr Kopf richtete sich nicht auf, um mich anzusehen, sondern ruhte weiterhin in ihren Händen, während sie die Arme mit den Ellbogen auf ihren Oberschenkeln gestützt hielt. Da dieser Mensch zudem einen Hoodie trug und die Kapuze tief ins Gesicht gezogen hatte, konnte ich nicht einmal erkennen, ob es sich um ein männliches oder weibliches Wesen handelte. Die Kleidung, Jeans, Jacke und festes Schuhwerk, ließ auch keinen eindeutigen Schluss zu.

„Hallo", sagte ich leise und trat einen Schritt näher an die Person heran. Dabei stieß mein Fuß auf eine Holzstufe, die besonders lauf knarrte. Augenblicklich zuckte die sitzende Person zusammen und ich sah in ein feminines Gesicht, dessen Augen meiner Schätzung nach seit höchstens fünfundzwanzig Jahren in die Welt blickten.

„Wer sind Sie?", fragte die junge Frau und schaute mich argwöhnisch an.

„Ich wohne hier und würde gerne meine eigene Wohnung betreten, ohne über Sie zu stolpern", gab ich missmutig zurück.

„Tim Strecker?", richtete sie erneut eine Frage an mich.

„So steht es auf meinem Türschild", versetzte ich.

„Kann ich reinkommen?" Ihre dritte Frage, der sie gleich eine Forderung folgen ließ. „Ich muss dich nämlich sprechen."

Bevor ich darauf etwas entgegnen konnte, etwa ob das nicht bis morgen Zeit hätte, fügte sie noch hinzu: „Es ist dringend." Dabei stand sie auf und zog sich die Kapuze vom Kopf. Ich erblickte schwarze mittellange Haare und blasse Wangen, dazu braune Augen, die eng beieinander standen und unter denen sich eine zierliche Nase befand. Ihre Figur war schmal. Überhaupt wirkte sie sehr zierlich. Sie sah mich erwartungsvoll an.

„Na schön", sagte ich. „Wenn`s nicht zu lange dauert. Ich bin nämlich müde. Wie heißt du überhaupt?"

„Lea", antwortete sie und betrat den Flur zu meiner Zweizimmerwohnung. Vor der ersten Zimmertür, der zu meiner Küche, blieb sie unschlüssig stehen. Hinter ihr erstreckte sich mein langer Flur, von dem noch zwei Türen, je eine zu Wohn- und Schlafzimmer, abgingen. Die Toilette befand sich im Treppenhaus und in der Küche hatte ich bei meinem Einzug eine Duschecke eingebaut. Ich wollte es Lea nicht so bequem machen, dass sich ihr Aufenthalt länger als nötig hinzog. Darum führte ich sie nicht ins Wohnzimmer, sondern in die Küche und bot ihr dort einen Stuhl als Sitzplatz an.

„Magst du etwas trinken?", fragte ich und hoffte, dass sie ablehnen würde, was sie zu meiner Erleichterung auch tat.

„Also, worum geht es?", kam ich gleich zur Sache.

„Ronnie ist tot." Leas Stimme wirkte tonlos. Sie holte ein Papiertaschentuch hervor und schnäuzte sich die Nase.

„Und Ronnie war ...?", half ich nach.

„Mein Mitbewohner. Wir leben ... lebten in einer Wohngemeinschaft in einem Haus in der Niederwaldstraße. Ein Altbau, der saniert werden soll."

Womit er das Schicksal vieler schöner und günstiger Wohnungen teilte, die nach der Renovierung nur noch von höheren Einkommensgruppen gemietet werden konnten, überlegte ich. Gentrifizierung fand seit Jahren auch in Wiesbaden statt und über Wohnungsknappheit in dieser Stadt konnten viele Menschen traurige Lieder singen.

„Wie ist Ronnie denn ums Leben gekommen?"

„Er wurde vor ein paar Tagen im Keller gefunden. Ist durchs ganze Treppenhaus geflogen. Mindestens zehn oder fünfzehn Meter. Der Sturz war tödlich. Schädel- und Genickbruch."

„Ich nehme an, die Polizei hat den Fall bereits untersucht?", vermutete ich.

„Die geht von einem Unfall aus."

„Und du glaubst das nicht."

„Niemals!" In Leas Augen lag plötzlich ein harter Glanz. „Da hat jemand nachgeholfen. Ganz sicher."

„Und ich soll jetzt herausfinden, was wirklich passiert ist, nehme ich an."

Lea nickte.

Ich dachte kurz nach. In der Tat erschien es mir ungewöhnlich, dass ein junger Mensch so mir nichts dir nichts einfach ein Treppenhaus hinabstürzen sollte.

„Gibt es in dem Haus denn kein Treppengeländer?", wollte ich wissen. Zu meiner Überraschung wurde Lea plötzlich unsicher.

„Na ja, ein Geländer gibt es tatsächlich nicht. Ich sagte doch, dass das Haus saniert werden soll."

„Ach so." Die Sache erschien mir plötzlich in einem anderen Licht. „Sag mal, war Ronnie vielleicht betrunken, als er ..."

Lea ließ mich nicht ausreden. Sie schoss förmlich von ihrem Stuhl hoch. „Er ist nicht von allein da runtergefallen!", schrie sie mich an. „Wir wussten doch alle, dass das Geländer fehlt, weil die doofe Hausverwaltung dafür gesorgt hat, dass es wegkommt. Und wenn einer von uns mal zu viel getrunken hatte, ist er besonders vorsichtig gewesen, hat sich an die Wand gedrückt und ist dann an ihr entlang geschlichen bis er sicher oben angekommen ist. So haben wir das alle gemacht und zwar jedes verdammte Mal!"

Mir kam der Gedanke, dass einmal immer das erste Mal ist. Ich sprach das aber nicht laut aus. Lea wirkte auch so schon gereizt genug. Widerspruch von meiner Seite würde zum jetzigen Zeitpunkt nur in sinnlosen Streit ausarten.

„Wer gehört denn alles zu eurer WG?", fragte ich stattdessen.

„Jetzt, wo Ronnie tot ist, wohnen nur noch Fabio und ich dort. Früher waren wir zu fünft. Leon hat Glück gehabt und kurzfristig ein Zimmer im Wohnheim des Privatkollegs bekommen, wo er sein Abitur nachmacht. Marie wohnt jetzt bei einer Freundin. Sie ist eigentlich mit Fabio zusammen, hielt es in der WG aber nicht mehr aus, nach dem das mit Ronnie passiert war."

„Aha." Bevor ich Lea weiter erzählen ließ, wechselte ich noch einmal das Thema. In einem Buch über Verhörtechniken hatte ich nämlich irgendwann mal gelesen, dass das den zu Verhörenden aus dem Konzept bringt und es ihm anschließend schwerer fällt, bei einer vorgefassten Lügengeschichte zu bleiben.

„Wie bist du eigentlich auf mich gekommen?"

„Wie meinst du das?" Lea wirkte tatsächlich verwirrt.

„Warum glaubst du, dass ich dir helfen kann?" Jetzt brachte sie es fertig, das Thema zu wechseln und mich zu verwirren.

„Kann ich vielleicht doch etwas zu trinken haben? Ich bin auf einmal ganz schön durstig geworden."

Ich stellte Saft und Wasser auf den Tisch und holte zwei Gläser aus dem Küchenschrank.

„Hast du vielleicht etwas Alkoholisches? Wein oder sowas?"

Ich verneinte, setzte ich mich wieder und sah ihr direkt ins Gesicht.

„Also nochmal, warum glaubst du, dass ich dir helfen kann?"

„Ich habe gehört, dass du so Sachen machst", lautete Leas Antwort.

„Sachen? Was für Sachen und von wem hast du das gehört?"

„Von Stefan. Ist ein Freund von mir." Sie sah mich kurz an und fügte dann hinzu: „Nicht was du denkst. Er ist nur ein Bekannter."

Mir war nicht klar, woher Lea wissen sollte, was ich dachte. Tatsächlich hatte ich bestimmt an kein Verhältnis oder etwas in der Art gedacht. Nur war der Name Stefan durchaus geeignet, mich in eine Art Erregungszustand zu versetzen, allerdings eher in einen, der etwas mit Wut oder Zorn zu tun

21

hatte. Gut möglich, dass ich bei der Erwähnung dieses Vornamens meine Stirn in Falten gezogen und Lea daraus einen falschen Schluss gezogen hatte.

„Hat dieser Stefan auch einen Nachnamen?"

„Den kenne ich nicht. Nur seinen Spitznamen. Der Lurch."

Ich gab einen unkontrollierten Laut von mir, so eine Art Gurgeln. Lea warf mir einen besorgten Blick zu.

„Geht schon wieder", sagte ich und nahm einen Schluck aus meinem Glas. Dabei versuchte ich innerlich bis zehn zu zählen, was ich erst beim zweiten Versuch fertig brachte. Dieser Mistkerl, dachte ich. Von wegen, er könne heute wegen seines Traumas unmöglich in den Restaurantbereich kommen. Stefan hatte mir einfach deshalb nicht über den Weg laufen wollen, weil er genau wusste, dass es überhaupt nicht in Ordnung war, mir irgendwelche Klienten mit dubiosen Anliegen auf den Hals zu hetzen, ohne mich darüber zu informieren!

„Woher kennst du diesen Stefan?", fragte ich.

„Hat mal bei uns in der WG gewohnt, aber nicht lange. Ist schon nach ein paar Tagen wieder ausgezogen."

Das wunderte mich nicht. Außer bei den Watzls schien es der Lurch bei keinem länger auszuhalten. Und keiner mit ihm. Aber offensichtlich hatte er irgendwann einen Versuch unternommen, sich von den Zwillingen abzunabeln. Vielleicht waren die drei doch einmal aneinandergeraten, weil Stefan die Nerven der Watzls überstrapaziert hatte. Ich dankte meinem Schicksal, dass der Lurch nicht auf die Idee gekommen war, sich bei mir einzunisten. Er hatte ein einziges Mal bei mir übernachtet[1] und Gott allein weiß, wie froh ich war, dass ich ihn am nächsten Tag wieder los wurde. Ich studierte Leas Gesicht und fragte mich dabei, ob sie einen reichen Papa hatte, der ihr jeden Monat einen fetten Scheck über eine vierstellige Summe ausstellte. Wenn das der Fall hatte, musste ich dem Lurch am Ende noch dankbar sein, dass er mir einen lukrativen Job verschafft hatte. Ich fing bereits an, mich in

---

1) Siehe Band 2 dieser Trilogie: VermisstenFall

Träumereien über einen Strandurlaub in der Karibik zu verlieren, als mich Leas Stimme in die Realität zurückrief. „Was ist, warum starrst du mich so an?"

Tatsächlich hatte ich ihr während meines Tagtraums weiter direkt ins Gesicht geglotzt. Vermutlich mit einem seligen Lächeln auf den Lippen. Mann, war mir das peinlich! Ich räusperte mich und murmelte eine Bitte um Entschuldigung. Dann setzte ich mich aufrecht hin und streckte die Brust heraus.

„Wie hast du dir das eigentlich mit der Bezahlung vorgestellt?", fragte ich. „Mein Tagessatz beträgt zweihundert Euro."

Lea sah mich mit großen Augen an.

„Stefan hat gesagt, du machst mir einen Freundschaftspreis", klärte sie mich auf. „Ich jobbe momentan als Verkäuferin auf Vierhundert-Euro-Basis. Wir legen natürlich zusammen, meine Mitbewohner und ich. Auch die früheren. Das heißt, alle, außer Leon. Mit dem haben wir uns verstritten. Marie wird aber sicher etwas dazu geben."

Ich rechnete kurz durch. Es blieben drei zahlende Personen. Wenn jede fünfzig Euro abdrückte kam ich immerhin noch auf hundertfünfzig pro Tag. Auch nicht schlecht, aber leider unrealistisch, wie Marie mir gleich zu verstehen gab.

„Wir haben alle nicht viel Geld, leben von Minijobs und Bafög und so. Mehr als fünfzig bis sechzig Euro pro Woche sind nicht drin. Inklusive Spesen, meine ich."

Würde ich Alkohol trinken und wäre ich betrunken gewesen, so hätte mich Leas klare Ansage schlagartig nüchtern gemacht. So hart, wie sie verhandelte, würde sie es noch weit bringen. Ich fragte mich, woher sie die Gewissheit nahm, dass ich mich auf ihre Honorarvorstellung einlassen würde. Dabei lag die Antwort klar auf der Hand. Der Lurch hatte Lea meine finanzielle Misere gesteckt. Keine Frage, mit dem Kerl hatte ich ein Hühnchen zu rupfen. Andererseits gab es an der Tatsache, dass ich dringend einen Job brauchte, nichts zu rütteln. Also signalisierte ich Lea mein Einverständnis, indem ich ihr, wenn auch zähneknirschend, zunickte.

„Worum ging es in dem Streit mit diesem Leon?", fragte ich.

„Beziehungskisten", antwortete sie einsilbig.

„Geht das ein wenig deutlicher?" Kaum Honorar und eine zickige Klientin, der man alles aus der Nase ziehen musste. So langsam verlor ich die Geduld. Immerhin war ich ziemlich müde und wollte endlich ins Bett.

„Leon hat Fabio eine reingehauen, weil der was mit Marie angefangen hat", bequemte sich Lea zu einer ausführlicheren Antwort.

„Marie ist also Leons Freundin, nehme ich an."

„Gewesen", korrigierte mich Lea. „Sie hat mit Leon Schluss gemacht, aber der will das nicht akzeptieren."

„Und das ist ein Grund für Leon, nicht an der Aufklärung von Ronnies Tod interessiert zu sein?", fragte ich ungläubig.

„Eigentlich glauben wir sogar, dass auch Leon als Täter infrage kommen könnte", erklärte Lea. „Wir haben alle drei Angst vor ihm."

Dieser Schläger schien ein echter Heißsporn zu sein, den ich mir einmal genauer anschauen sollte. Offenbar verfügte der Kerl über ein erhebliches Gewaltpotenzial.

„Wie heißt Leon denn mit Nachnamen?"

„Schwager. Sein volle Name ist Leon Schwager."

„Gibt es einen konkreten Anhaltspunkt für euren Verdacht gegen ihn?"

„Leon ist halt sehr besitzergreifend. Außerdem hat er eine kurze Zündschnur. Das ist schon richtig krankhaft. Wenn er Grund hat, eifersüchtig zu sein, schlägt er schon mal zu."

„Und wieso sollte er euch alle im Verdacht haben, ihn zu hintergehen?" Ich wurde aus der ganzen Sache einfach nicht schlau.

„Beziehungskisten", wiederholte Lea. Ich hatte einfach keine Energie mehr. Anstatt erneut zu insistieren, starrte ich sie bloß an.

„Wir hatten alle mal was miteinander", klärte sie mich auf. „Zumindest die Typen mit Marie und mir und, na ja, auch ich mal was mit Marie, aber nur kurz."

Mir brummte der Schädel. Sowohl von Leas Beschreibung des komplizierten Beziehungsgeflechts in ihrer Wohngemeinschaft als auch vor lauter Müdigkeit. Ich beschloss, das Gespräch für heute zu beenden und versprach ihr, mir diesen Leon einmal genauer anzusehen. Nachdem ich Lea über meinen Entschluss informiert und sie anschließend verabschiedet hatte, legte ich mich endlich ins Bett.

Kapitel 3

Entgegen aller Wahrscheinlichkeit wachte ich am nächsten Morgen relativ früh auf. Die Tatsache, dass es bis zum Mittag, wenn der Unterricht am Kolleg größtenteils beendet sein und ich Leon im Wohnheim antreffen würde, noch einige Stunden dauerte, ließ mich eine Änderung meines geplanten Tagesablaufs vornehmen. Es konnte nicht schaden, dachte ich, mir einmal das Haus, in dem Lea noch mit Fabio wohnte und Ronnies Leiche gefunden worden war, aufzusuchen. Allerdings rechnete ich nicht damit, dass ich die beiden oder wenigstens einen von ihnen zu Hause antreffen würde. Sie jobbten ja alle, wie Lea erklärt hatte, aber ich wollte mir ein Bild vom Schauplatz machen, die Umgebung auf mich einwirken lassen, mir Inspiration holen ... keine Ahnung, was ich dort wirklich wollte. Wahrscheinlich nur die Zeit totschlagen, weil ich nichts Besseres zu tun hatte.

Ich wollte gerade gehen, als mein Telefon klingelte. Maschine war dran.

„Hast du schon das mit Le Meur gehört?"

„Was denn gehört?", fragte ich zurück. Ich habe keine Ahnung."

„Na du hast ihn doch gestern getroffen", kam es zurück. „Hat er dir nichts erzählt?"

„Maschine, bitte. Klär mich einfach auf. Ich bin gerade auf dem Sprung und habe wenig Zeit."

„Unser Franzose ist aufgeflogen. Die Bullen haben seine Akte geprüft."

„Ich denke die ist wasserdicht?"

„Klar ist sie das. Schließlich habe ich sie selbst gefälscht. Trotzdem bekommt unser Freund wohl demnächst ein Verfahren an den Hals. Den internen Ermittlern sind bei einer routinemäßigen Prüfung von Jelzins Akte anscheinend doch einige Ungereimtheiten aufgefallen. Weiß der Henker wieso. Noch ist er im Dienst, aber es ist sicher nur eine Frage der Zeit, bis er suspendiert wird. Hat dir der Franzose wirklich nichts davon erzählt?"

„Keinen Ton", gab ich zurück und ließ meine Gedanken zu jenem Tag zurück wandern, an dem Auguste einen Menschen erschossen hatte. In Notwehr, gewiss. Kaum einer wusste das so gut wie ich, denn Sugar, so nannte sich der Killer unter anderem, hatte vier Menschenleben auf dem Gewissen und damals als erstes die Waffe gezogen. Augustes schnelle Reaktion hatte nicht nur mein Leben, sondern auch das von Sigrid, den Watzl-Brüdern und das meines persönlichen Albtraums, genannt Lurch, gerettet. Trotzdem musste Jelzin sich natürlich einer Untersuchung unterziehen und zu dem Vorfall Stellung nehmen. Das alles hatte er glücklicherweise unbeschadet überstanden. Dass Jahre später Le Meurs berufliche Zukunft und sein weiterer Verbleib in Deutschland von einer routinemäßigen Kontrolle seiner Personalakte abhängen würden, wäre mir nicht im Traum eingefallen.

„Können wir irgendetwas tun?", fragte ich mit belegter Stimme.

„Ich habe momentan keine Ahnung", kam es aus dem Hörer zurück. „Aber wenn dir etwas einfällt, dann lass es mich bitte wissen."

„Klar, mache ich."

„Und noch etwas. Dieses Gespräch bleibt unter uns. Jelzin wollte nämlich nicht, dass du von seinem Problem erfährst. Wäre ich nicht derjenige, der seine Dokumente gefälscht hat, hätte er mich vermutlich auch nicht eingeweiht. Also, kein Wort zu ihm, okay?"

Nachdem ich den Hörer aufgelegt hatte, griff ich nach meiner Jacke und schob den Gedanken an den Schlamassel, in dem Le Meur steckte, beiseite. Das war vielleicht nicht gerade sehr solidarisch gedacht von mir, aber da ich wirklich keine Idee hatte, wie Auguste zu helfen war, beschloss ich zunächst, mich auf meine naheliegende Aufgabe zu konzentrieren. Obwohl sich der September seinem Ende zuneigte, hatte die Sonne noch ganz schön viel Kraft. Unterwegs zog ich die Jacke aus und hängte sie mir über eine Schulter. Ich ließ mir Zeit bei meinem Spaziergang und genoss die wärmenden Sonnenstrahlen auf meiner Haut. Es hatte seit fast drei Wochen nicht geregnet, aber laut Wettervorhersage sollte es morgen einige Schauer geben. Am Himmel zeigten sich bereits ein paar Schleierwolken.

Das Haus in der zum Rheingauviertel gehörenden Niederwaldstraße war ein um neunzehnhundert errichteter fünfstöckiger Altbau mit roter Backsteinfassade, die zum großen Teil durch ein Baugerüst verdeckt wurde. Zur Haustür führte eine breite vierstufige Treppe hinauf. An der Klingelleiste stellte sich mir das kleine Problem, dass ich keinen einzigen Nachnamen von den WG-Bewohnern wusste. Also suchte ich nach einer Beschriftung, die vier oder fünf Nachnamen enthielt, in der Hoffnung, dass die Namen derer, die inzwischen nicht mehr zur Wohngemeinschaft gehörten, noch nicht entfernt worden waren. Leider hatte ich damit kein Glück. Jedes Klingelschild wies höchstens zwei verschiedene Namen auf. Ein Schild war überhaupt nicht beschriftet, zudem befand es sich auf der zweiten Klingelleiste ganz oben. Wenn Ronnie sich einen tödlichen Sturz durchs gesamte Treppenhaus zugezogen hatte, musste die Wohngemeinschaft logischerweise im obersten, also dem fünften Stockwerk wohnen. Als ich das Treppenhaus betreten wollte, kamen mir zwei Männer entgegen, die gerade ein Sofa nach draußen schleppen wollten. Ich trat beiseite, um ihnen Platz zu machen. Dabei fiel mein Blick auf die Straße vor dem Haus. Erstaunt stellte ich fest, dass gleich zwei Möbeltransporter verschiedener Umzugsfirmen vor dem Haus parkten. Nach den Möbelpackern begegneten mir einige junge Männer, die Umzugskisten schleppten. Neugierig sah ich ihnen hinterher und beobachtete, wie sie die Kisten nicht etwa zu einem der Möbelwagen, sondern zu einem Kleintransporter trugen, der etwas abseits stand.

„Habt ihr euch alle zu einer Umzugsparty verabredet?", versuchte ich einen Scherz. Der erste der jungen Kerle, der auf seinem Rückweg an mir vorbeikam, bedachte mich mich nur mit einem abschätzigen Blick und lief kommentarlos weiter. Der zweite war etwas freundlicher und bequemte sich zu einer kurzen Antwort.

„Die Hausverwaltung hat uns eine Räumungsklage angedroht. Die haben einfach den längeren Atem."

„Aber hier wohnen doch noch lauter Leute", wandte ich ein und deutete auf die Klingelleiste.„Ach was, die sind alle schon längst ausgezogen. Haben nur vergessen, ihre Namen zu entfernen."

Mein Gang durch das verstaubte Treppenhaus überzeugte mich, dass hier wohl niemand mehr auf eine wohnliche Umgebung Wert legte. Bis zum dritten Stockwerk war inzwischen ein provisorisches Treppengeländer angebracht worden. Wahrscheinlich vor allem hauptsächlich deswegen, um den Auszug der dort noch wohnenden Mieter nicht zu gefährden. Mehrmals musste ich Umzugshelfern ausweichen, ehe ich die Tür der Wohngemeinschaft erreichte. Auf mein Klopfen (die Klingel funktionierte offensichtlich nicht) öffnete mir ein schmächtiger dunkelhaariger junger Mann von Anfang zwanzig, der lediglich ein Handtuch um seine Hüften trug. Hinter ihm meinte ich Lea durch den Flur huschen zu sehen, auch sie nur mit einem Handtuch bekleidet, das sie allerdings um ihren Kopf gewickelt hatte.

„Ich bin Tim Strecker", stellte ich mich vor. „Lea hat gestern Abend wegen Ronnie mit mir geredet."

„Fabio", erwiderte der junge Mann und verhinderte mit einem schnellen Griff, dass sein Handtuch zu Boden rutschte. Er trat beiseite und winkte mich herein. Ich folgte ihm durch einen mit Pappkartons zugestellten Flur zu einem Zimmer, das, wenn mich nicht alles täuschte, der Ausgangspunkt von Leas Sprint durch den Flur gewesen war.

„Lea ist auch zu Hause?", fragte ich leichthin und nickte mit dem Kopf in Richtung Flur.

„Wir haben beide frei heute", sagte er und deutete auf einen riesigen Sitzsack in der Ecke. „Setz dich doch."

Ich folgte seiner Aufforderung und sah mich um. Vor fünfundzwanzig oder dreißig Jahren hätte meine Bude ähnlich ausgesehen. Poster an den Wänden, ein paar Regale, Musikanlage, ein niedriges ungemachtes Bett, Schreibtisch, Stuhl und der Sitzsack, auf dem ich saß. Fabio ließ sich gegenüber von mir auf der Bettkante nieder und sah mich erwartungsvoll an. „Was kann ich für dich tun?"

„Zunächst einmal mir erklären, was zwischen dir und Lea läuft", kam ich gleich zur Sache. „Ich dachte, du wärst mit Marie zusammen."

Fabio wurde tatsächlich verlegen. Er kratzte sich hinter dem Ohr und zog die Schultern hoch. „Das hat sich einfach so ergeben", murmelte er. „Wir sind alle ganz schön durch den Wind, wegen Ronnie."

Was sollte ich dazu sagen? Jeder Mensch trauert auf seine Weise. Es stand mir nicht zu, darüber zu urteilen, also wechselte ich das Thema.

„Anscheinend wohnt ihr ab morgen allein in diesem Haus."

Fabio nickte. „Sind jetzt alle weg. Die Hausverwaltung hat Druck gemacht und mit Klage gedroht. Da haben außer Lea und mir alle anderen den Schwanz eingezogen."

„Kannst du mir Namen und Adresse der Hausverwaltung geben?"

Fabio stand auf und wühlte auf seinem mit allerlei Papierkram überhäuften Schreibtisch herum. Nach erfolgreicher Suche drückte er mir eine Nebenkostenabrechnung für das

29

vergangene Jahr in die Hand. Sie war an Ronnie Volz adressiert. Ich betrachtete den Briefkopf: Winterstein und Partner, Hausverwaltung.

„Kannste behalten. Die Rechnung zahlen wir sowieso nicht", erklärte Fabio.

Da ich auch hierüber keinen Kommentar abgeben wollte, wurde es mal wieder Zeit für einen Themenwechsel.

„Was kannst du mir über Leon sagen?"

„Ist ein Arschloch."

„Sonst noch was?"

„Er macht Krafttraining und ist flink mit den Fäusten. Aber wenn du ihm eine ordentliche Tracht Prügel verabreichst, lass ich mir das `nen Hunderter kosten."

„Das kommt wohl nicht in Frage", wehrte ich kühl ab.

„Wieso denn nicht? Ich habe gehört, du erledigst solche Sachen."

Was um alles in der Welt, hatte der Lurch da nur für Gerüchte über mich verbreitet?, fragte ich mich. Ich machte mir eine Notiz in meinem Hinterkopf, für den Fall, dass wir uns doch noch einmal über den Weg laufen sollten.

„Da hat dich jemand falsch informiert", sagte ich noch eine Spur kühler. Wenn unser Gespräch weiter so einen Verlauf nehmen sollte, würde die Zimmertemperatur ganz schön nach unten sinken.

„Zweihundert, wie wär`s?"

Ohne auch nur mit einem Wort darauf einzugehen, stand ich auf. „Wo ist Leas Zimmer?"

„Gleich gegenüber. Bist du jetzt sauer?"

Ich machte eine unbestimmte Handbewegung und drehte mich um. „Bis dann", sagte ich nur, ehe ich Fabios Zimmer verließ.

Die Tür zu Leas Raum war nur angelehnt. Ich klopfte und brauchte nicht lange auf ihre Aufforderung hereinzukommen zu warten. Ihr Bett war vermutlich letzte Nacht nicht benutzt worden. Eine Tagesdecke und zwei Kissen lagen ordentlich darauf. Ein auffälliger Kontrast gegenüber der in dieser Wohnung sonst vorherrschenden Unordnung. Lea war mein Besuch bei Fabio sicher nicht verborgen geblieben, und ich fragte mich, ob sie unser Gespräch wohl belauscht hatte.

„Fabio ist auf Leon ganz schön schlecht zu sprechen", eröffnete ich die Unterhaltung. „Er hat mir sogar Geld dafür angeboten, dass ich ihn verprügele."

„Und, machst du es?"

Dass Lea dies überhaupt in Erwägung zog, verblüffte mich doch gewaltig. Erneut stellte ich mir die Frage, was, um Himmels willen, der Lurch alles über mich erzählt hatte und vor allem, wem noch?

„Nein!" Ich hoffte genügend Nachdruck in meine Absage gelegt zu haben, damit ein für alle Mal klar war, dass ein derartiges Ansinnen bei mir keine Sympathie finden würde.

„Ich zahle dir hundert Euro, wenn du es machst."

„Themawechsel", sagte ich. „Entweder reden wir über etwas Anderes oder ich bin weg."

Ich war jetzt echt sauer und gekränkt, weil die jungen Leute offensichtlich bereit waren, mir mehr Geld für Schlägerdienste als für meine Detektivarbeit zu zahlen.

Lea verschränkte die Arme vor ihrer Brust und schob die Unterlippe vor. Dass sie süß aussah, wenn sie so schmollte, behielt ich lieber für mich.

„Erzähl mir was über die Hausverwaltung", fordert ich sie auf. „Und anschließend würde ich gerne in den Keller gehen und mir ansehen, wo Ronnie gefunden wurde."

„Was soll ich denn über Winterstein und Konsorten erzählen?"

„Wie sie vorgegangen sind, um die Mieter rauszuekeln, zum Beispiel. Mit welchen Angestellten du persönlich gesprochen hast. Kennst du Kontakte, die mir weiterhelfen könnten? So was in der Art halt."

„Mit der Hausverwaltung hatten wir bisher nicht viel zu tun. Wir wohnen ja auch erst knapp zwei Jahre hier. Bis vor wenigen Monaten hörten wir kaum etwas von denen. Einmal bekamen wir eine Nebenkostenabrechnung und dann mal die Aufforderung, das Treppenhaus regelmäßig zu putzen. Dann ging es plötzlich los mit den Schikanen."

„Was für Schikanen?"

„Plötzlich funktionierte die Treppenhausbeleuchtung nicht mehr, Handwerker tauchten in aller Herrgottsfrühe auf und arbeiteten bis in die Nacht, wobei sie allerhand Lärm machten, ständig wurde das Wasser unter irgendeinem Vorwand abgestellt, oft für mehrere Stunden und so weiter."

„Habt ihr euch nicht beschwert?"

„Natürlich. Jeder von uns hat bei der Hausverwaltung angerufen, um Druck zu machen. Fabio wollte sogar mal zu einem Anwalt gehen und ein Schreiben aufsetzen lassen."

„Warum ist es nicht dazu gekommen?"

Lea fuhr mit der Hand durch die Luft. „Hätte ja doch nichts gebracht."

„Wieso denn? Einen Versuch wäre es doch sicher wert gewesen."

„Na, ja", Lea räusperte sich. Eine Verlegenheitsgeste, wie ich fand. „Fabio ist offiziell gar nicht hier gemeldet. Ronnie war eigentlich der Hauptmieter und hat an uns untervermietet. Wir haben dann unseren Anteil direkt auf das Konto der Hausverwaltung überwiesen. Die wollte das natürlich nicht hinnehmen, aber dann haben sie bei Winterstein und Partner unsere Mietzahlungen doch akzeptiert. Wahrscheinlich denken die, dass sie uns ja sowieso bald los sind. Solange können sie an uns noch verdienen. Aber von uns kriegen die keinen Cent mehr."

„Du sagtest, ihr hättet bei der Hausverwaltung angerufen. Mit wem habt ihr dort gesprochen?"

Lea dachte kurz nach, wobei sie die Stirn in Falten zog. „Das war irgendwas mit Berg. Schneckenberger oder so ... nein, jetzt hab ich`s, Schellenberg. Ja, genau, Nora Schellenberg. Die hat mir jedem von uns gesprochen und auch alle Briefe und Abrechnungen unterschrieben. Total unsympathisch, die Frau. War sehr unfreundlich und hat uns abgefertigt wie kleine Kinder. Völlig unverschämt!"

Mir wollte nichts mehr einfallen, was ich noch hätte fragen können. Ich sah auf die Uhr, die an Leas Zimmerwand hing. Irgendein komisches Ding ohne Zifferblatt, was mir nur eine ungefähre Zeitschätzung ermöglichte. Die Geschäftsräume von Winterstein und Partner waren in einem Bürohaus in der Bahnhofstraße untergebracht. Bis zum Mittag war noch genug Zeit, um einen Abstecher dorthin zu machen und sich diese Hausverwaltung ein wenig genauer anzusehen. Ich informierte Lea über mein Vorhaben und erklärte, dass ich mich wieder bei ihr melden würde, sobald ich etwas Neues in Erfahrung gebracht hätte.

„Was ist mit der Abreibung für Leon?", fragte sie. „Willst du es dir nicht noch einmal überlegen?"

„Da gibt es nichts zu überlegen", erklärte ich und wollte die Wohnung verlassen, als mir einfiel, dass ich noch den Fundort von Ronnies Leiche anschauen wollte. Lea ging mit mir hinunter in den Keller. Die Umzugsleute waren anscheinend mit ihren Fuhren fertig, denn das Treppenhaus war jetzt leer. Im Kellerbereich angekommen, sah ich mich kurz um. Viel zu sehen gab es nicht. Graue Wände und ein ebenso grauer Fußboden aus Beton. Dann ein Gang, von dem die einzelnen Kellerräume abgingen. Ich stellte mich auf die Fläche, wo Ronnies Körper nach seinem Sturz durch das Treppenhaus vermutlich aufgeschlagen sein musste. Es war nur ein kleines Geviert, von dem aus ich nach oben blicken konnte. Ich ließ meinen Blick umherschweifen. Nichts deutete mehr darauf hin, dass hier vor Kurzem erst ein Mensch ums Leben gekommen war. Ich nickte Lea zu, als Zeichen dafür, dass ich fertig war. Wir stiegen die Treppe wieder hinauf, und vor der Haustür verabschiedete ich mich für heute zum zweiten Mal von ihr.

Kapitel 4

Ich ging zu Fuß und hätte bei normaler Gehgeschwindigkeit nach gut zehn Minuten das Haus, in dem sich Winterstein und Partner befand, erreicht. Aber ich besuchte unterwegs noch ein Internet-Café, um im Netz einige Informationen über die Hausverwaltung einzuholen. Das erwies sich als gute Idee, denn so erfuhr ich, dass Winterstein & Partner zum Baukonzern Brodamm gehörte, einem der führenden Unternehmen in der Baubranche. Zudem war Brodamm Bau mit der Sanierung mehrerer Altbauten im Wiesbadener Westend und dem Rheingauviertel beschäftigt, unter anderem jenem Wohnhaus in der Niederwaldstraße, das ich vor wenigen Minuten verlassen hatte. In Gedanken noch diese und andere Informationen verarbeitend, die ich aufgrund meiner kleinen Recherche erhalten hatte, stellte ich plötzlich fest, dass ich bereits vor dem Gebäude stand, in dem sich die Hausverwaltung befand.

Die Tür war verschlossen. Ich betätigte die Klingel und wartete, bis sich jemand über die Sprechanlage meldete.

„Ich möchte zu Frau Schellenberg", sagte ich, nachdem ein gekrächztes „Ja?" aus dem Lautsprecher verklungen war. Der Türsummer ertönte und ich betrat das Treppenhaus eines Gebäudes, das einen um Längen besser gepflegten Eindruck machte, als das Haus in der Niederwaldstraße, von dem ich gekommen war. Anscheinend war dieses Bürogebäude hier erst vor Kurzem saniert worden, so neu wirkte alles. Ich verzichtete darauf, den Aufzug zu nehmen und stieg die Treppen empor bis zum dritten Stock, wo ich das Firmenschild der Hausverwaltung vor einer mit großen Glasscheiben versehenen Metalltür erblickte. Rechts dahinter befand sich ein Empfangstresen. Eine Frau um die fünfundzwanzig, mit brünettem Haar und in ein dunkelblaues Kostüm gekleidet, lächelte mir zu, während ihre Augen mich skeptisch musterten. Dem

Namensschild auf dem Tresen entnahm ich, dass ich es mit Frau Adler zu tun hatte.

„Kann ich Ihnen helfen?", fragte sie.

„Ich möchte zu Frau Schellenberg", wiederholte ich mein Anliegen.

„Haben Sie einen Termin?"

„Brauche ich einen?", fragte ich zurück.

Die Augen der Empfangsdame verengten sich leicht. „Frau Schellenberg ist unsere Prokuristin und sehr beschäftigt. Sie empfängt niemanden ohne Termin."

„Selbst dann nicht, wenn es sich um den Käufer einer Eigentumswohnung handelt, der die Zahlungsmodalitäten klären will?" Ich kam mir nicht wie ein Lügner vor. Immerhin hatte ich keineswegs behauptet, selbst Käufer einer Immobilie von Winterstein & Partner zu sein, einer Firma, die neben den Tätigkeiten einer Hausverwaltung auch Maklerdienste anbot, wie ich der entsprechenden Homepage bei meinem Besuch im Internet-Café ebenfalls hatte entnehmen können. Wie zugegebenermaßen von mir beabsichtigt, glaubte die Frau vom Empfang, dass ich der zahlungswillige Käufer sei. Ihre Stimme troff plötzlich vor falscher Freundlichkeit.

„Dann will ich selbstverständlich sehen, was ich für Sie tun kann, Herr ...?"

„Strecker", half ich bereitwillig nach.

Ein Haustelefonat später stand ich Frau Schellenberg in ihrem Büro gegenüber. Sie befand sich altersmäßig irgendwo in der Mitte der fünfziger, wog meiner Schätzung nach über achtzig Kilo und verbarg ihre Figur in einen dunklem Beinkleid, zu der sie ein gelbes Jackett trug. Ihr schwarzes Haar war kurz geschnitten und ihr rundes Gesicht wurde zur Hälfte von einer ebenfalls schwarzen Brille verdeckt.

„Lassen Sie ruhig offen", sagte sie, als ich die Tür hinter mir schließen wollte. Frau Schellenberg hielt es nicht für nötig, mir einen Sitzplatz anzubieten. Stattdessen musterte sie mich mit gerunzelter Stirn.

„Frau Adler hat mir gesagt, dass Sie sich für eine Eigentumswohnung interessieren?", fragte sie mit unüberhörbarer

Skepsis in der Stimme, wobei sie ihren Blick über meine ungeputzten Billigschuhe und die dazugehörige Kleidung von der Kaufhausstange schweifen ließ.

„Genauer gesagt interessiere ich mich für ein bestimmtes Gebäude, das sich in der Niederwaldstraße befindet und in dem sich vor Kurzem ein Todesfall ereignet hat", sagte ich leichthin und studierte das Gesicht meiner Gesprächspartnerin eingehend.

„Das Haus wird noch saniert. Bis zum Abschluss der Arbeiten wird es noch etliche Monate dauern." Während sie das sagte, sortierte die Prokuristin einige Unterlagen auf ihrem Schreibtisch. Auf meine Bemerkung über den Todesfall ging sie mit keinem Wort ein.

„Ich habe keine Eile", erwiderte ich.

„Wieso ausgerechnet dieses Gebäude? Es liegt nicht weit von der Schiersteiner Straße entfernt. Da geht es manchmal ganz schön lebhaft zu, was den Verkehr angeht. Wir haben auch einige schöne Immobilien in Freudenberg oder Klarenthal. Möchten Sie nicht auch lieber raus ins Grüne?"

„Der Tote war Mitbewohner einer Wohngemeinschaft, deren überlebende Mitglieder sich immer noch in derselben Wohnung aufhalten." Ich hatte genug von der Steherei und setzte mich unaufgefordert auf den Stuhl, der sich gegenüber ihrem Schreibtisch befand. „Und zu Ihrer Information, Frau Schellenberg, ich möchte mich nicht über irgendein Objekt im Grünen unterhalten, sondern über ein gewisses Haus in der Niederwaldstraße, das zur Zeit von Ihrem Brötchengeber, der Baufirma Brodamm, zu der übrigens auch die Hausverwaltung Winterstein & Partner gehört, saniert wird. Wie so viele andere im Rheingauviertel gelegenen Häuser auch, nicht wahr?"

Zufrieden mit mir und meinem Redeschwall lehnte ich mich selbstgefällig in dem von mir okkupierten Stuhl zurück. Frau Schellenberg schien jedoch in keiner Weise beeindruckt. Sie blieb demonstrativ stehen und stemmte die Fäuste in ihre Hüften. Lediglich die Veränderung der Farbe ihrer Wangen verriet mir ihre momentane Gefühlslage.

„Wenn Sie von der Polizei sind, Herr Strecker", begann sie, während ihr Gesicht zunehmend an Röte gewann, gebe ich Ihnen jetzt Gelegenheit sich auszuweisen. Falls Sie dazu nicht in der Lage sind, wovon ich ausgehe (ihre Stimme nahm erheblich an Lautstärke zu), fordere ich Sie hiermit auf, unverzüglich zu verschwinden!" Mit einem Lächeln, das ihre Geringschätzung meiner Person perfekten Ausdruck verlieh, fügte sie hinzu: „Ersparen Sie sich lieber die Peinlichkeit, von unserem Sicherheitsdienst auf die Straße gesetzt zu werden."

Ihr vor Arroganz triefender Gesichtsausdruck wandelte sich kurz darauf in Erstaunen, als ich lässig in die Innentasche meiner Jacke griff und eine meiner Visitenkarten hervor holte. Ich schätzte, dass sie die Karte im ersten Moment tatsächlich für einen Dienstausweis hielt.

„Ich lasse Ihnen meine Karte da, für alle Fälle." Damit erhob ich mich von dem Stuhl und verließ das Büro, ohne mich umzusehen, wobei ich durchaus bedauerte, nicht mehr mitansehen zu können, wie Frau Schellenberg schier vor Wut platzte. Aber sie einfach zu ignorieren, schien mir doch der geeignetere Weg zu sein, ihren Blutdruck in die Höhe zu treiben.

Ich verabschiedete mich noch höflich von Frau Adler und machte mich auf den Weg zum nächsten Punkt auf meiner Erledigungsliste des heutigen Tages. Unterwegs erwog ich kurz Le Meur anzurufen, ließ es aber bleiben. Ich konnte ihm ja doch nicht helfen. Sicher hätte sich der Franzose über meinen Beistand gleich welcher Art gefreut, selbst wenn sich dieser in ein paar tröstlich klingenden Floskeln erschöpfte. Leider war ich in solchen Dingen alles andere als gut und ging derartigen Situationen gern aus dem Weg. Genau genommen war ich einfach kein guter Freund – für niemanden.

Kapitel 5

Das Kolleg war eine Institution, die es Menschen ermöglichte, ihr Abitur auf dem zweiten Bildungsweg nachzuholen. Im Gegensatz zu einem Abendgymnasium geschah dies hier wie in einer gewöhnlichen Schule im Ganztagsunterricht. Auch die Ferienzeiten entsprachen denen der öffentlichen Schulen. Da es bis zum Beginn der Herbstferien noch zwei Wochen dauerte, standen die Chancen gut, dass ich Leon Schwager hier antreffen würde. Die in einer Jugendstilvilla mit aufwendig restaurierter Stuckfassade untergebrachte Privatschule war staatlich anerkannt und erfreute sich daher eines regen Zulaufs. Auf meinem Weg dorthin kam ich am neu errichteten RheinMain CongressCenter, kurz RMCC, vorbei. Früher befanden sich dort die Rhein-Main-Hallen, die zugunsten des Neubaus abgerissen worden waren. Das Privatkolleg war nicht die einzige Institution ihrer Art im Hessenland, möglicherweise aber diejenige mit dem verwirrendsten Treppenhaus. Eigentlich waren es zwei Treppenhäuser, die sich an einigen Stellen kreuzten. Schon nach wenigen Minuten musste ich feststellen, dass ich mich ständig im Kreis oder Quadrat bewegte. Das Treppenhaus dieses in der Nähe der Herbertanlage gelegenen Gebäudes war mit seinen separaten Aufgängen bestens geeignet, Neuankömmlinge auf der Suche nach einem bestimmten Raum verzweifeln zu lassen. Auf meiner Odyssee lief ich dem Hausmeister über den Weg. Der Mann war um die sechzig, untersetzt und trug eine dünnrandige Brille, deren Gläser mit feinem Staub überzogen waren. Ein auf seinem grauen Arbeitskittel angebrachtes Namensschild verriet mir, dass ich es mit einem gewissen K. Buff zu tun hatte.

„Gehört Ihnen der Wagen in der Einfahrt?", blaffte er mich an. „Da ist parken verboten!"

„Ich bin zu Fuß hier. Können Sie mir sagen, wo ich Leon Schwager finde?"

Ohne auf meine Frage zu antworten, drehte Buff sich um und zog brummelnd davon. Es war offensichtlich, dass die Suche nach dem Fahrer des in der Einfahrt abgestellten Autos seine ganze Aufmerksamkeit beanspruchte.

Eine freundliche Bewohnerin des Wohnheims, die gerade vorbei kam, erbarmte sich meiner und zeigte mir einen weiteren Aufgang, der zu den Zimmern der Kollegiaten führte. Leon bewohnte ein Doppelzimmer, aber sein Zimmergenosse war gerade außer Haus. Der Kollegiat öffnete mir die Tür, nachdem ich angeklopft hatte und streckte mir seine auf der rechten Seite mit mehreren Piercings versehene Gesichtshälfte entgegen.

„Häh?", war alles, was er zunächst herausbrachte. Nach seinen dunklen Ringen unter den Augen zu schließen, hatte ich den blonden Mittzwanziger anscheinend gerade bei seinem Mittagsschlaf gestört.

„Tim Strecker", stellte ich mich vor und streckte Leon meine Hand entgegen, die er geflissentlich ignorierte.

„Ich müsste dich sprechen", nahm ich einen erneuten Anlauf. „Kann ich reinkommen?"

„Was willst`n?"

„Ronnie Volz ist tot und ich habe ein paar Fragen", erklärte ich kurz und schob mich an ihm vorbei in sein Zimmer. „Ist kein so gutes Thema für den Gang draußen."

Von meinem schnellen Eintritt überrumpelt, schloss Leon die Tür hinter mir und starrte mich verständnislos an. Allem Anschein nach war er noch immer nicht ganz wach.

„Was is?" Mehr als zweieinhalb Worte hintereinander hatte ich von Leon noch nicht zu hören bekommen. Offensichtlich war er kein großer Redner.

Ich setzte mich unaufgefordert auf einen Stuhl und bedeutete ihm mit einer Handbewegung, es mir gleich zu tun. Der Hellste schien Leon mir nicht zu sein und ich fragte mich, wie um alles in der Welt er die Aufnahmeprüfung für den Abiturlehrgang erfolgreich hatte absolvieren können. Von Ordnung hielt der Kollegiat anscheinend auch nicht viel. Überall lagen Klamotten herum und das Bett war auch noch nicht gemacht.

Allerdings hatte ich ihm da nicht viel voraus, wie ich mir insgeheim eingestehen musste.

Nachdem er mich kurz gemustert hatte, zog Leon einen anderen Stuhl zu sich heran und nahm darauf Platz. „Wer bist du denn überhaupt?", fragte er mich.

„Ich heiße Tim Strecker und habe einige Fragen zum Tod deines ehemaligen Mitbewohners Ronnie."

„Bist du ein Bulle?" Leons Augen verengten sich zu schmalen Schlitzen. Ich schüttelte verneinend den Kopf.

„Dann mach gefälligst, dass du hier rauskommst!", schrie er, stürzte sich auf mich, packte den Kragen meines T-Shirts und zerrte mich von meinem Stuhl. Ich setzte mich zur Wehr und es entstand ein kurzes Handgemenge, in dessen Verlauf mich Leon vor die Tür seines Zimmers schubste und aussperrte. Ich hämmerte frustriert gegen das Türblatt und erntete einen Fluch, gefolgt von der Drohung, richtig eins auf die Fresse zu kriegen, wenn ich nicht sofort verschwinden würde. Eine zu einem anderen Zimmer gehörende Tür wurde aufgerissen. Hausmeister Buff streckte den Kopf hervor und sah mich stirnrunzelnd an. Ich sah ein, dass ich hier zumindest heute nichts mehr erreichen würde und verließ das Kolleg.

Kapitel 6

Allmählich machte sich mein Schlafdefizit unangenehm bemerkbar. Ich brauchte dringend ein paar Stunden Ruhe, wenn nicht gar eine ebenso lange REM-Phase. Bevor ich mich weiter meinem Fall widmete, musste ich mir einfach eine Auszeit nehmen, denn ich befürchtete, sonst nicht mehr gescheit zu funktionieren.

Ich hatte mich jedoch kaum auf dem Bett ausgestreckt um eine Runde zu schlafen, als die Klingel meiner Wohnungstür schellte. Wer immer Einlass begehrte, schien nicht gewillt zu sein, einfach aufzugeben und wieder zu verschwinden. Unter allerlei Geschimpfe schälte ich mich aus meiner Decke und öffnete dem ungebetenen Gast. Es war Le Meur, der auf der Schwelle stand und mich mit ernstem Blick musterte. „Wo brennt`s denn?", brummte ich missgelaunt und ging in die Küche, um Kaffee zu kochen. Ich vermied es, dem Franzosen in die Augen zu blicken. Mein schlechtes Gewissen, mich noch nicht bei ihm gemeldet zu haben, obwohl ich wusste, dass er in Schwierigkeiten steckte, machte mir schwer zu schaffen.

„Gut dass du kommst", log ich. „Ich wollte dich sowieso gerade anrufen."

Le Meur ignorierte meine Schutzbehauptung, schloss die Wohnungstür hinter sich und folgte mir.

„Wir müssen reden, Tim", sagte er.

Die Art, wie er das aussprach, ließ mich aufhorchen. Unheil kündigte sich an, und damit war nicht dasjenige gemeint, das sich über meinem väterlichen Freund zusammenbraute. Soviel war sicher.

„So ernst?", fragte ich. „Was ist passiert?"

„Stimmt es, dass du heute im Wohnheim des Privatkollegs gewesen bist und dort Leon Schwager getroffen hast?"

„Ja", antwortete ich verblüfft. „Aber wieso weißt du davon?"

„Es gibt Zeugen, du bist dort gesehen worden. Du hattest Streit mit diesem Leon. Worum ging es dabei?"

„Jetzt mach mal halblang, Auguste."

Die Art, wie Le Meur insistierte und mich in die Defensive drängte, ging mir gewaltig auf den Zeiger. „Soll das hier ein Verhör sein, oder was?"

„Ja, das soll es tatsächlich sein, Tim!", erwiderte Le Meur. Dabei packte er mich an den Schultern und schüttelte meinen Körper gehörig durch. Ich platzte fast vor Wut und versuchte, mich dem Griff seiner riesigen Pranken zu entziehen.

„Leon Schwager ist tot, genauer gesagt wurde er ermordet!", schrie Le Meur, während wir verbissen miteinander rangen. „Und du bist einer der letzten, die mit ihm gesprochen haben."

Plötzlich war da ein gewaltiges Rauschen in meinem Kopf. Das durfte doch nicht wahr sein!Ich glaubte, ein Déja-vu zu erleben, denn vor ungefähr fünf Jahren hatten Le Meur und ich ein ähnliches Gespräch geführt. Damals war kurz nach meinem Besuch dort ein Frankfurter Rentnerehepaar von einem Profikiller ermordet worden. Der Mörder hatte sich an meine Fersen geheftet und die Menschen umgebracht, die ich im Zusammenhang mit meinen Bemühungen, den Lurch aufzuspüren, besucht hatte. Ich spürte wie mir das Blut wegsackte und sich kalter Schweiß auf meiner Stirn bildete. Sollte wegen mir schon wieder ein Mensch gewaltsam zu Tode gekommen sein? Wie sollte ich mit all der Schuld nur fertig werden, die ich mir im Lauf meines verpfuschten Lebens aufgeladen hatte? Ich gab meinen Widerstand auf und ließ mich auf einem Küchenstuhl niedersinken.

„Sag das noch einmal", forderte ich den Franzosen auf.

„Leon Schwager wurde heute Nachmittag ermordet. Ich war gerade auf meiner Dienststelle, als die Meldung einging und bin zusammen mit den Beamten zu der Schule gefahren, die Schwager besuchte. Der Hausmeister Karl Buff und eine Kollegiatin haben dich ziemlich genau beschrieben. Zudem sagte Herr Buff aus, dass du dich mit Leon heftig gestritten hast. Der Hausmeister sprach sogar von Handgreiflichkeiten."

Ich stützte den Kopf in beide Hände und raufte mir die Haare. Das konnte doch alles nicht wahr sein. Auguste hatte mir aber noch nicht alles gesagt.

„Es wurde ermittelt, dass Leon Schwager bis vor Kurzem noch in einer Wohngemeinschaft in der Niederwaldstraße gewohnt hat."

Jelzins Worte ließen mich unwillkürlich aufhorchen.

„Mein Instinkt riet mir, möglichst schnell mit den WG-Bewohnern zu sprechen, bevor es meine Kollegen taten."

Ich nickte zustimmend und blickte den Franzosen mit stumpfem Blick an. Was sollte ich auch schon groß sagen? Die alte Spürnase hatte wieder einmal richtig gerochen.

„Ich hatte Glück und erwischte die beiden, einen jungen Mann und eine junge Frau, vermutlich seine Freundin, noch vor ihrer Haustür. Sie wollten gerade zur Universität, beziehungsweise zur Arbeit gehen. Was meinst du wohl, Tim, wie die zwei auf den Tode ihres ehemaligen Mitbewohners reagiert haben?"

Ich zuckte die Schultern und verlegte mich auf meine Spezialdisziplin, möglichst unschuldig dreinzuschauen. Auguste winkte gereizt ab und verließ die Küche. Ich folgte ihm in mein Schlafzimmer und sah erstaunt zu, wie er anfing Kleidung von mir in meine Reisetasche zu packen.

„Was um alles in der Welt machst du da?", fragte ich.

Er stopfte weiterhin Hemden und andere Sachen in meine Tasche, bis sie fast voll war. Dann hielt er endlich inne und sagte kalt: „Die jungen Leute haben gesagt, dass sie nie gedacht hätten, dass du so weit gehen würdest. Du hättest von ihnen lediglich den Auftrag bekommen, Leon eine anständige Abreibung zu verpassen!"

Nachdem er mir das gesagt hatte, schleuderte Auguste mir die Tasche vor die Füße und fügte hinzu: „Hol noch dein Waschzeug und dann nichts wie weg. Meine Kollegen werden bald hier sein."

„Wo willst du mich hinbringen?", fragte ich entgeistert. „Etwa zu dir?"

„Geht nicht", versetzte er knapp. „Wenn die Kollegen auf die Idee kommen, meine Wohnung zu durchsuchen und dich bei mir finden, sind wir beide geliefert."

Und dann bist du deinen Job bei der Polizei endgültig los, dachte ich. Aber anstatt dich um deine eigenen Probleme zu kümmern oder mich gar um Hilfe zu bitten, riskierst du lieber deinen Hals, um mir aus der Patsche zu helfen.

„Hör zu, Jelzin", sagte ich. „Du musst das nicht tun. Ich bin unschuldig und das wird sich schnell herausstellen."

Seine Antwort fiel so aus, dass er mich grob am Arm packte und zur Tür stieß.

„Rede keinen Unsinn, Tim. Es spricht alles gegen dich und du hast keine Chance, das Gegenteil zu beweisen. Das weißt du genau."

Wir verließen die Wohnung und stiegen in seinen roten Alfa Romeo. Jelzin steuerte seinen Flitzer zur Kreuzung am Dürerplatz und setzte den Blinker, um nach der Ampel Richtung Aarstraße abzubiegen.

„Ich weiß immer noch nicht, wohin du mich bringen willst."

„Nach Taunusstein, zu deiner Freundin Sigrid."

Ich schüttelte den Kopf. Da will ich nicht hin. Fahr mich lieber zu den Watzls oder zu unserem Freund, den Cyborg."

Die Ampel wechselte auf grün, aber Auguste machte keine Anstalten loszufahren.

„Du willst in der Stadt bleiben, bist du sicher?"

„Ja doch. Jetzt mach schon und fahr los, oder ich steige sofort aus."

Hinter uns ertönte ungeduldiges Gehupe. Auguste verzog das Gesicht, sagte aber nichts und wechselte stattdessen mit quietschenden Reifen auf die Nebenspur. Das Hupen wiederholte sich, diesmal mehrfach und um einiges lauter.

Kapitel 7

Die Watzls zeigten sich gewohnt großherzig und so phantastisch wie die Zwillinge nun einmal waren, gaben sie mir das Gefühl, dass ich mit meinem Besuch *ihnen* einen Gefallen erwies.

„Gut dass du hier bist, Tim", meinte Bodo. „Dein Besuch hätte zu keinem besseren Zeitpunkt stattfinden können. Ich glaube, der Stefan braucht ein wenig Abwechslung von Winnie und mir, sonst bekommt er einen Koller."

Dass ich im Restaurant der Zwillinge natürlich dem Lurch begegnen würde, war mir wegen der mit den jüngsten Ereignissen verbundenen Aufregung gar nicht in den Sinn gekommen. Jetzt erschien mir die Gelegenheit zu schön, um wahr zu sein.

„Oh ja, Bodo", erwiderte ich und fletschte die Zähne. „Ich kümmere mich gern um Stefan, am besten sofort."

Bodo sah mich ein wenig irritiert an, aber ich beachtete ihn nicht weiter, sondern marschierte schnurstracks in den Küchenbereich. Als der Lurch mich erblickte, machte er Anstalten, im Kühlraum zu verschwinden.

„Stehen bleiben, Rabenacker!", rief ich. „Ich habe mir dir zu reden."

Stefan hielt augenblicklich in seiner Bewegung inne. Durch mein unerwartetes Auftauchen war er kalt erwischt worden. Er schien regelrecht zur Salzsäule erstarrt. Völlig überrumpelt ließ er es geschehen, dass ich ihn am Kragen packte und gegen die Wand drückte. Dabei fiel ein Topfdeckel scheppernd zu Boden. Von diesem Geräusch alarmiert, streckte Bodo seinen Kopf in die Küche.

„Alles in Ordnung, ich bin gleich mit ihm fertig", sagte ich in seine Richtung. Bodo hatte jedoch seine Stirnglatze bereits wieder aus meinem Sichtbereich entfernt und war verschwunden. Wahrscheinlich bereute er schon jetzt zutiefst, mir Obdach gewährt zu haben.

Stefan schien endlich seine Sprache wiedergefunden zu haben.

„Hör zu, Tim", bat er. „Ich kann dir alles erklären."

„Was gibt es denn deiner Meinung nach zu erklären?", fragte ich und verstärkte meinen Griff, aus dem der Lurch nun doch Anstalten machte, sich zu befreien.

„Na das mit dem Fall, den ich dir vermittelt habe. Übrigens bekomme ich dafür noch die Provision von dir, aber das hat ja noch Zeit."

Da mir angesichts dieser Unverfrorenheit keine verbale Antwort einfallen wollte, verstärkte ich den Griff um Stefans Hals, was der zunächst mit einem Ächzen quittierte. Dann aber bekam er wohl Panik, dass ich ihm die Luft vollends abschnüren würde. Er schlug wild um sich und schaffte es, sich zu befreien.

„Jetzt hör mir doch endlich mal zu!", schrie er wütend. „Ich habe Lea einfach nur helfen wollen. Sie hat mir halt leid getan. Ich konnte ja nicht ahnen, dass du so ein hartherziger Klotz bist."

„Also schön", sagte ich. „Nur damit ich das richtig verstehe. Du schickst mir mitten in der Nacht eine Klientin", das letzte Wort begleitete ich mit zwei in die Luft gemalten Anführungszeichen, „die mich kaum bezahlen kann, erzählst ihr und ihrem Mitbewohner, dass ich für Geld auch Leute verprügele, machst jetzt auch noch einen Anspruch auf Provision geltend und erwartest von mir, dass ich das alles völlig in Ordnung finde?"

„Zugegeben", lenkte der Lurch ein. „Ich hätte dir vielleicht vorher Bescheid geben sollen, aber die Frau hat mich so überrumpelt, dass ich einfach nicht nein sagen konnte. Und das mit dem Verprügeln hat Lea bestimmt falsch verstanden."

„Welche Frau?", fragte ich verwirrt. „Meinst du damit auch Lea?"

„Natürlich nicht", erwiderte er und schüttelte wild den Kopf. „Ich meine diese Zeitungsreporterin, Astrid Schenk."

„Wie bitte?" Meine Stimme überschlug sich vor Aufregung. „Was hat die denn damit zu tun?"

„Gna-schi-lo", antwortete der Lurch. Ich verstand kein Wort.

„Hä?"

„Na-schi-lo-ho!"

Das klang genauso unverständlich. Erst als Stefan ein weiteres Geräusch (irgendwas zwischen Krächzen und Husten) von sich gab, wurde mir klar, dass sein Genuschel: *Lass mich los!* bedeuten sollte. In meiner Erregung hatte ich ihm unbewusst die Hände erneut um den Hals gelegt und dieses Mal noch fester zugedrückt.

„Tschuldigung", sagte ich und löste meinen Griff. „Und jetzt bitte noch einmal von vorn." Der Lurch schluckte ein paar Mal heftig und bedachte mich mit einem bösen Blick. Nachdem er sich wieder gesammelt hatte, begann er zu erzählen.

„Gestern, es war so um die Mittagszeit, schneit die Tante von dem Wiesbadener Blatt ins Restaurant und bestellt das Tagesgericht. Wir haben mittags immer viel zu tun, aber Winnie hat in der Küche alles im Griff. Darum hält er es für eine gute Idee, mich trotz meines Traumas auf die Menschheit loszulassen, damit ich Bodo beim Servieren helfe. Vermutlich wollte er mich nur loswerden, um sich ungeniert über den Curryketchup hermachen zu können. Egal, ich bringe also dieser Frau ihr Essen an den Tisch. Von der Suppe blieb natürlich nur die Hälfte auf ihrem Teller. Das war eine ganz schöne Sauerei, kann ich dir sagen."

„Schön", drängte ich. „Und weiter?"

„Sie beschwert sich nicht einmal und tut so, als sei alles in bester Ordnung. Dann fragt sie, ob ich eine junge Frau, damit meinte sie Lea, kennen würde. Die säße ziemlich in der Klemme. Mir war das richtig unheimlich, woher die Zeitungstante von der Verbindung zwischen Lea und mir wusste."

„Astrid Schenk ist Journalistin", gab ich zu bedenken. „Vom Charakter her ein Aas, aber auf ihrem Gebiet ein As. Warst du in letzter Zeit mal bei Lea zu Besuch gewesen?"

Der Lurch nickte eifrig. „Ja klar, Ende letzter Woche erst."

„Dann wird sie dich dort gesehen und später von Lea oder jemand anderem aus der WG Erkundigungen über dich eingezogen haben. Allerdings frage ich mich ..."

„Erkundigungen?", unterbrach er mich. „Was für Erkundigungen?"

„Na ja, welche Verbindung zwischen dir und Leas Wohngemeinschaft besteht, vermute ich mal. Vielleicht hat sie dich auch eine Weile beschattet."

„Arbeitet sie für den Verfassungsschutz oder sowas?"

Ich konnte es dem Lurch nicht verdenken. Wenn mir jemand so penetrant auf die Pelle rücken würde, wie Astrid Schenk es gewöhnlicherweise tat, wäre ich auch beunruhigt. Da Stefan „Der Lurch" Rabenacker zudem über stark ausgeprägte paranoide Züge verfügte, war seine Aufgeregtheit für mich noch weniger verwunderlich. Immerhin konnte ich mir jetzt einiges zusammenreimen. Die Schenk hatte sich für den Eigentümer der Immobilie in der Niederwaldstraße interessiert. Allerdings nicht erst seit Ronnies Tod, sondern bereits vor mindestens einer Woche. Der Todesfall musste sie veranlasst haben, wieder aktiv in diese Geschichte um das Haus einzugreifen. Wenn schon nicht selbst, dann über mich. Blieb die Frage warum dieser Umweg? Ich rief mir die letzte Begegnung mit der Journalistin ins Gedächtnis zurück. Meine Bemerkung, dass sie wohl in die Anzeigenabteilung strafversetzt worden war, hatte sie sichtlich verletzt. Getroffener Hund bellt, Strecker, sagte ich mir. Die Puzzleteilchen fielen an ihren Platz und ergaben ein schlüssiges Bild. Astrid Schenk war an einer Story dran gewesen, die das fragliche Haus in der Niederwaldstraße, die Hausverwaltung Winterstein & Partner und möglicherweise auch ihre Muttergesellschaft, den Baukonzern Brodamm, betraf. Irgendetwas hatte dazu geführt, dass die Journalistin von mindestens einem ihrer Vorgesetzten zurückgepfiffen worden war. Vielleicht hatte sie einen Fehler begangen oder war jemandem auf die Füße getreten, der über Einfluss verfügte und diesen nachdrücklich geltend machte. Die Schenk musste daher fortan Kleinanzeigen aufnehmen und durfte sich nicht mehr mit ihrer Story befassen. Dennoch dachte sie nicht im Traum daran, klein beizugeben. Sie wollte sich aber auch nicht zu weit aus dem Fenster lehnen. Also hatte sie sich an den Lurch gehängt, den sie ja kannte[2] und der ihr als Bindeglied zwischen mir und Leas WG nun äußerst nützlich sein konnte. Dass Stefan ihr über den Weg gelaufen war, musste der Journalistin wie ein Geschenk des Himmels vorgekommen sein. Gerissen, wie sie nun einmal war, hatte die Schenk die Gelegenheit ergriffen

---

2) Siehe Band 2 dieser Trilogie: VermisstenFall

und über den Lurch dafür gesorgt, dass ich mich der Sache annahm. Stefan auf die Idee zu bringen, mir Lea als Klientin aufzuhalsen, dürfte für die mit allen Wassern gewaschene Dame eine leichte Übung in Sachen Manipulation gewesen sein. Gute Intrige, Frau Schenk! Wenn ihnen selbst die Hände gebunden sind, bedienen sie sich einfach solcher Idioten wie Stefan Rabenacker oder Tim Strecker und lassen sie die Drecksarbeit machen. Die Erkenntnis, derart benutzt worden zu sein, und dazu noch von Astrid Schenk, erfüllte mich mit blitzheller Wut. Nicht mit mir, dachte ich und sah auf die Uhr. Es war sicher schon nach Büroschluss. Heute würde ich die auf Eis gelegte Journalistin wohl nicht mehr im Verlagshaus antreffen. Das war vielleicht auch ganz gut so, denn sonst hätte ich mich einfach auf den Weg dorthin gemacht, ohne zu bedenken, dass ich ja polizeilich gesucht wurde. Ich überlegte gerade, wie ich es am besten anstellen sollte, der Frau auf die Pelle zu rücken, als ich bemerkte, wie der Lurch einen Punkt hinter mir zu fixieren schien.

„Was ist los?", fragte ich. „Du tust ja so, als ob ein Geist oder schlimmer noch, die Schenk persönlich hinter mir stünde."

Mein Gegenüber bewegte lautlos die Lippen und machte mir völlig unverständliche Handzeichen, die ich geflissentlich ignorierte, da ich ohnehin keinen Nutzen aus ihnen ziehen konnte.

„Wäre mir nur recht, wenn die Käsblatttippse hier hereinschneien würde", ätzte ich weiter, ohne auf Stefans immer heftiger ausfallende Gesten einzugehen. „Der könnte ich jetzt so richtig die Meinung geigen. Hör zu! Einen hab ich noch, weißt du eigentlich, wie die weibliche Form von Schmierfink geht? Schmierfinkin hört sich irgendwie blöd an, finde ich."

„Alles, was Sie von sich geben, Herr Strecker, hört sich blöd an", klang es hinter meinem Rücken. Bevor ich mich umdrehte, langsam umdrehte, in der vergeblichen Hoffnung, so ein wenig Zeit zu gewinnen, damit mir eine schlagfertige Ausrede einfiel sah ich noch, wie der Lurch die Hände vor sein Gesicht schlug.

„Sie trauen sich hierher zu mir?", fragte ich und war erstaunt, aber zugleich auch erfreut darüber, dass meine Wut auf Astrid Schenk zu groß war, um peinlich berührt zu sein.

Immerhin verdankte ich es zu einem Gutteil ihr, dass die Polizei hinter mir her war.

„Erstens", versetzte sie kühl und arrogant wie eh, „wusste ich gar nicht, dass dieses öffentlich zugängliche Restaurant inzwischen Ihnen gehört und zweitens", hier setzte sie ein boshaftes Lächeln auf, „habe ich ganz bestimmt keine Angst vor Ihnen, Strecker."

„Offensichtlich fehlt Ihnen entweder die Zeit oder der Anstand, „Herr Strecker„ zu sagen", gab ich zurück. „Aber vielleicht bequemen Sie sich wenigstens dazu mir zu erklären, wieso Sie alle möglichen Leute in meiner Umgebung derart manipulieren, nur damit ich für Sie den Handlanger gebe!"

Die Schenk schien nicht im Mindesten beeindruckt. Gelassen deutete sie auf den Lurch und meinte: „Wenn überhaupt habe ich höchstens Ihrem Freund gegenüber einige Andeutungen gemacht, die dazu bestimmt waren, Ihnen ein wenig auf die Sprünge zu helfen. Was regen Sie sich überhaupt auf? Sie können doch immer einen Job gebrauchen."

„Die Polizei sucht mich jetzt wegen Mordes!", schrie ich, beinahe platzend vor Wut.

„Ach das", sie winkte kurz ab. Das kann ich für Sie wieder in Ordnung bringen."

Das war das Zeichen für meinen Unterkiefer, sich selbstständig zu machen und nach unten zu klappen. Es kostete mich einige Anstrengung, ihn dazu zu bringen, dass er mir wieder gehorchte. Dabei war mir die Erkenntnis, dass ich ausgerechnet vor Astrid Schenk gerade jenem Bild von einem Trottel entsprach, das sie ohnehin vor mir hatte, äußerst hilfreich.

„Sie können sich wieder einkriegen", sagte sie. Ich kann bezeugen, dass dieser Leon noch gelebt hat, nachdem sie das Kolleg verlassen haben."

„Aber wieso?", brachte ich mühsam heraus.

„Ich bin Ihnen gefolgt und habe anschließend selbst mit dem jungen Mann gesprochen."

„Mit Leon?"

„Wem sonst? Leider war er nicht mehr sehr auskunftsfreudig, nachdem Sie ihm anscheinend gründlich die Laune verdorben hatten."

Ich war wie vor den Kopf geschlagen. Dann dämmerte mir die jäh die Erkenntnis, dass nicht ich der letzte gewesen war, der Leon lebend gesehen hatte, sondern ... „Großer Gott!", rief ich aus und wich einen Schritt zurück. „Das würde ja bedeuten, dass Sie ..."

Astrid Schenk verdrehte die Augen, was sie zugegebenermaßen sehr gut konnte. „Dass ich und nach mir mindestens noch eine weitere Person den Ermordeten an seinem Todestag aufgesucht haben, wollten Sie wohl sagen, nicht wahr, Sie Meisterdetektiv?"

„Das wäre zumindest theoretisch eine Möglichkeit", räumte ich widerstrebend ein.

„Im Gegensatz zu Ihnen habe ich mich nicht mit Leon geprügelt und auch sonst kein Motiv, den jungen Mann umzubringen. Damit bin ich ja wohl fein raus."

Ich wunderte mich, warum die Journalistin meine Steilvorlage nicht gnadenloser ausgenutzt, sondern stattdessen die Samthandschuhe übergezogen hatte. Die Antwort auf diese Frage ließ jedoch nicht lange auf sich warten.

„Mir sind die Hände gebunden, Herr Strecker. Irgendjemand hat seinen Einfluss geltend gemacht und mich kaltgestellt. Es fing an, kaum dass ich begonnen hatte, die Hausverwaltung Winterstein und Partner sowie ihren Mutterkonzern Brodamm Bau näher unter die Lupe zu nehmen. Seitdem bin ich für diese Geschichte verbrannt. Andererseits sehe ich nicht ein, die Angelegenheit auf sich beruhen zu lassen. Hinter diesem Unternehmen steckt mehr, als es vorgibt zu sein und Sie, Herr Strecker, könnten das vielleicht herausfinden."

Nachdem mir der Sinn dieser Ansprache nach und nach in seiner ganzen Tragweite bewusst geworden war, lachte ich laut auf. „Ich soll also für Sie die Kastanien aus dem Feuer holen, damit Sie doch noch ihren Scoop landen können, verstehe ich das richtig?"

„Es soll Ihr Schaden nicht sein", bemerkte die Schenk mit saurer Miene.

„Ach ja? Und wie soll ich es Ihrer Meinung nach anstellen, mich bei Winterstein und Partner einzuschleichen, nachdem ich dort erst vor Kurzem hinausgeworfen wurde?" Bevor die Journalistin mir darauf antworten konnte, klingelte mein Handy. „Entschuldigung." Normalerweise gehöre ich nicht zu den Leuten, die ein Gespräch mit einem real existierenden Gegenüber unterbrechen, nur um die vage Möglichkeit einer eventuell interessanteren Unterhaltung per Telefon wahrzunehmen, aber mir gefiel es, die Schenk spüren zu lassen, dass ich gerade Wichtigeres zu tun hatte, als mich mit ihr zu beschäftigen. „Strecker, am Apparat." Ich lauschte eine Weile und mein Mienenspiel musste den Umstehenden unzweifelhaft verraten, dass ich soeben über den Hauptgewinn im Lotto oder eine andere Begebenheit in dieser Größenordnung unterrichtet wurde. „Gut, ich werde da sein", beendete ich das Gespräch und steckte das Handy wieder weg. Zwei Augenpaare blickten mich erwartungsvoll an.

„Das war Herr Winterstein von Winterstein und Partner", erklärte ich, noch ganz damit beschäftigt, das eben Gehörte zu verarbeiten. „Ich soll als Ghostwriter an der Autobiografie von Karl-Heinz Brodamm mitarbeiten."

„Da hätten wir doch schon den Zugang für Sie auf dem Silbertablett serviert bekommen, Herr Strecker", ließ sich Astrid Schenk vernehmen. „Keine Ahnung, wie Sie das geschafft haben, aber Respekt! Jetzt schön den Fuß auf der Schwelle halten und dann die Tür ganz weit aufstoßen."

„Sie glauben doch nicht im Ernst, dass ich für Sie den verdeckten Ermittler spiele?", fragte ich überflüssigerweise, obwohl ich sehr wohl wusste, dass es genau so kommen würde. Die Schenk hielt es daher auch nicht für nötig, auf meine Äußerung einzugehen. „Ich mache dann mal meine Aussage zu Ihren Gunsten, Herr Strecker", sagte sie bloß. „Eine Hand wäscht die andere, wie es so schön heißt. Alles Weitere dürfte Ihnen ja klar sein."

Damit ließ sie mich stehen und ging in den Schankraum, um mit Le Meur zu sprechen. Ich blieb zurück in dem Bewusstsein, wieder einmal die Karte gezogen zu haben, die mit dem Buchstaben A anfängt.

Der Lurch legte mir seinen Arm um die Schulter und sagte nur ein Wort: „Weiber."

Ich fragte mich, was mich eigentlich davon abhielt, ihm eine reinzuhauen – und zwar kräftig.

Über meine Auseinandersetzungen mit der Schenk und dem Lurch hatte ich Auguste total vergessen. Der Franzose wiederum hatte heute wohl keine Lust auf Krawall und es vorgezogen, sich durch die Speisekarte des Restaurants zu schlemmen. Nun trat er an uns heran und nickte mir zu. Er gab sich Mühe zu lächeln, aber es wollte ihm nicht recht gelingen. „Ich habe Frau Schenk gebeten, Ihre Dich entlastende Aussage bei meinen Kollegen zu Protokoll zu geben", sagte er.

Auf einmal verspürte ich einen dicken Kloß im Hals. Auguste steckte bis über beide Ohren im Schlamassel und ich hatte bisher keinen Finger gerührt, um ihm zu helfen. Stattdessen war er es, der mir beistand und seine eigenen Probleme hintanstellte. So konnte es nicht weitergehen. Ich beugte mich zu ihm rüber und flüsterte ihm ins Ohr: „Lass uns zu Maschine fahren und dort einen Kaffee trinken, o.k?"

Er sah mich erstaunt an und zögerte kurz. Dann aber nickte er und meinte: „Einverstanden."

Wir verabschiedeten uns von den Watzls, vom Lurch und sogar von Astrid Schenk, die mir mittels Handzeichen bedeutete, dass wir telefonisch in Kontakt bleiben würden. Bevor wir das Restaurant verließen, erinnerte Le Meur die Journalistin noch einmal daran, dass sie ihre mich entlastende Aussage bis spätestens morgen Nachmittag zu Protokoll geben sollte.

Die Fahrt in Le Meurs rotem Alfa Romeo verlief schweigend. Manchmal hatte ich den Eindruck, dass der Franzose mich heimlich mit einem Seitenblick musterte, aber ich war mir nicht ganz sicher, ob dies auch tatsächlich der Fall war oder ich mir das nur einbildete. Ich wollte das auch nicht thematisieren oder klären und zog es vor, stumm vor mich hinzustarren. Dabei geriet ich wohl in eine Art Trance, denn Jelzin stieß mich plötzlich sanft an der Schulter und fragte, ob ich nicht mitbekommen hätte, dass wir am Ziel waren. Überrascht blickte ich mich um und erkannte, dass wir tatsächlich nicht weit von dem Haus, in dem Maschine wohnte, parkten. Eine Entschuldigung murmelnd stieg ich aus dem Auto und folgte Auguste, nachdem der den Wagen abgeschlossen hatte.

Kapitel 8

Maschine begrüßte uns mit klarer Stimme und wachem Blick, was um diese Tageszeit nicht unbedingt zu erwarten war. Während Jelzin in die Küche ging, um Kaffee aufzusetzen, lotste ich den Cyborg in sein Wohnzimmer. Ich wollte die Gelegenheit nutzen, um mit ihm unter vier Augen über unseren Freund und sein Problem zu reden.

„Was soll ich groß sagen?", flüsterte Maschine als Antwort auf meine ebenso leise gestellte Frage. „Auguste sitzt richtig in der Klemme. Soviel ich weiß, ist im Zuge eines internen Ermittlungsverfahrens aufgeflogen, dass seine ehemalige französische Dienststelle schon vor Jahren dichtgemacht wurde. Eine Le Meur betreffende Anfrage an die Franzosen konnte daher dort nicht bearbeitet werden und war mit einem entsprechenden Vermerk an die deutsche Behörde zurückgeschickt worden. Daraufhin wurden die internen Ermittler natürlich stutzig und sahen sich die Dienstakte unseres Freundes genauer an. Dabei sind sie offenbar auf einige Ungereimtheiten gestoßen."

„Ich dachte, du hast Auguste einen wasserdichten Lebenslauf verpasst und in den Personalcomputer der Polizei eingespeist", wunderte ich mich.

„Nicht so ganz", sagte Maschine und drehte den Kopf Richtung Küche, aus der Geklapper erklang. „Ich hatte damals die notwendigen Akten angelegt, damit Auguste ein reguläres Gehalt beziehen kann", erklärte er hastig. „Die hätten auch jeder Prüfung standhalten müssen. Einen ausführlichen Lebenslauf und andere Bewerbungsunterlagen, die darüber Auskunft geben könnten, wie seine Polizeilaufbahn in Deutschland begann, hat es dagegen leider nie gegeben. Wer hätte denn ahnen können, dass sich nach all den Jahren noch irgendwer dafür interessieren würde?"

„Kannst du die Unterlagen nicht nachträglich in den Personalcomputer schmuggeln?", fragte ich.

Maschine schüttelte den Kopf, legte den Zeigefinger an seine Lippen und räusperte sich.

Le Meur betrat das Wohnzimmer und balancierte drei Tassen Kaffee, Löffel, Milch und Zucker auf einem Tablett.

„Danke, Auguste", sagte ich, als er eine Tasse vor mich hinstellte und sich setzte. Le Meur sah uns an und wir wichen seinem Blick aus. Danach folgte ein uns peinlich berührendes Schweigen, das viel zu lange dauerte. Schließlich wurde es dem Franzosen zu bunt.

„Was ist los?", fragte er barsch.

„Ich habe von deinen Schwierigkeiten gehört", fasste ich mir ein Herz. „Ich habe keine Ahnung, wie ich dir helfen kann, aber wenn du irgendeine Idee hast, lass es mich bitte wissen."

Jelzin sagte nichts und rührte mit einem Löffel in seiner Kaffeetasse herum, was ich ziemlich sinnlos fand, weil er gar keinen Zucker in seinen Kaffee getan hatte.

„Danke, Tim", sagte er schließlich, um nach einer Weile hinzuzufügen: „Die Ermittlungen laufen noch. Ich muss einfach das Ergebnis abwarten." Anschließend wandte er sich an Maschine und meinte: „Nennst du das den Mund halten?"

Der Cyborg gab den Blick, der diese Äußerung begleitet hatte, ungefiltert an mich weiter. Mir war es egal. Heimlichkeiten waren einfach nicht mein Ding. Zumindest nicht, solange sie andere betrafen.

Die Stimmung war allerdings im Eimer und nach einigen Minuten fragte Auguste, ob er mich mit zurück in die Stadt nehmen solle.

„Na gut", sagte ich und stand auf. „Gehen wir."

Maschine sah mich an und formte mit den Lippen das Wort „Verräter". Obwohl ich wusste, dass er damit mein Ausplaudern von Le Meurs Misere meinte, traf mich das bis ins Mark. Ich drehte mich um und verließ grußlos die Wohnung.

Während der Fahrt saß ich schweigend neben dem Franzosen und war froh darüber, dass auch er keine Lust verspürte, sich zu unterhalten. Es war offensichtlich, dass ihm die Aussicht, aus dem deutschen Polizeidienst entfernt zu werden, schwer zu schaffen machte.

Kapitel 9

Pünktlich um fünfzehn Uhr am darauf folgenden Tag betrat ich das Bürogebäude der Hausverwaltung Winterstein und Partner. Dabei ließ ich es mir nicht nehmen, Frau Schellenberg mit einer überschwänglichen Begrüßung zu bedenken. Die Dame schaute erwartungsgemäß recht säuerlich drein, was mich aufrichtig freute.

„Herr Winterstein erwartet Sie bereits", brachte sie zwischen ihren zusammengekniffenen Lippen hervor. „Das Büro befindet sich von hier aus gesehen auf der rechten Seite am Anfang des Flurs, von dem Sie eben gekommen sind."

„Verbindlichsten Dank", entgegnete ich würdevoll, ging auf den mir beschriebenen Raum zu und klopfte dezent an.

„Herein", kam es von drinnen.

Ich betrat den Raum und blieb stehen, um mich umzusehen. Das Büro war sehr geräumig, wenigstens vierzig Quadratmeter groß und repräsentativ ausgestattet. Allen Möbeln, einschließlich der Lampen und den Regalschränken an den Wänden, war anzusehen, dass bei ihrer Anschaffung nicht gespart worden war. Der Teppichboden sorgte für ein angenehmes Laufgefühl und schluckte jedes Trittgeräusch. Winterstein erhob sich von seinem Stuhl, ohne hinter dem Schreibtisch hervorzukommen und streckte mir die Hand entgegen.

„Guten Tag, Herr Strecker, freut mich, dass Sie es einrichten konnten, heute zu mir zu kommen", begrüßte er mich und bedeutete mir, mich auf einen der beiden Stühle vor seinem Schreibtisch zu setzen.

Winterstein war etwa so groß wie ich, aber einige Jahre jünger. Ich schätzte sein Alter auf Mitte vierzig. Er trug einen aus edlem Stoff gefertigten Dreiteiler, der meiner Mutmaßung nach mindestens genauso viel Geld gekostet haben mochte, wie ich in einem Monat für meinen Lebensunterhalt benötigte. Trotzdem fühlte ich mich von ihm als seinesgleichen behandelt, was mir doch einigermaßen zu denken gab. Meiner Erfahrung nach waren Leute seines Schlags Menschen meines Schlages gegenüber nur dann derart ausgesucht höflich, solange sie ihnen nützlich waren.

„Waren Sie schon einmal als Biograf oder Ghostwriter tätig, Herr Strecker?", fragte er.

„Nun ja", druckste ich herum. „Ich habe einige Essays und mehrere Zeitschriftenartikel veröffentlicht, was vielleicht nicht ganz dasselbe ist, aber ich bin dadurch mit Recherchearbeiten vertraut und traue mir diese Aufgabe durchaus zu."

Ich hoffte inständig, dass Winterstein keine Belegexemplare verlangte, denn die von mir großzügig als *Essays* bezeichneten Arbeiten waren nichts weiter als Schulaufsätze gewesen, die ich vor ungefähr vier Jahrzehnten meinen damaligen Klassenkameraden vorgelesen hatte. Mit den Zeitschriftenartikeln verhielt es sich nicht viel anders. Das waren einige aufrührerische Artikel in der Studentenzeitung gewesen, kurz bevor ich mein Studium abgebrochen und die Johann Wolfgang Goethe-Universität in Frankfurt am Main ohne Abschluss verlassen hatte.

„Wie sind Sie eigentlich darauf gekommen, dass ich schreibe?", wollte ich wissen.

„Das war ja nicht schwer, nachdem Sie Ihre Visitenkarte bei Frau Schellenberg hinterlassen hatten", entgegnete Winterstein.

„Ja schon, aber da steht doch nur: *Arbeiten aller Art* drauf."

„Gewiss doch." Winterstein wedelte mit einer Hand, als wolle er meine Fragen gleichsam wegwischen. „Aber unsere gute Prokuristin hat Sie mir eher als den Typ langjähriger Student beschrieben, und so dachte ich, dass Sie mit Ihrer Erfahrung der geeignete Mann für diese Aufgabe sein könnten."

Wow, dachte ich. Dieser Winterstein weiß, wie man jemandem Honig ums Maul schmiert. Mir war durchaus klar, dass Die Schellenberg eher Begriffe wie e*wiger* oder *abgebrochener* Student verwendet und mich als beruflichen Versager beschrieben hatte.

Ein Mann wie Winterstein, der in der Lage war, hier die geeignete Person für eine anspruchsvolle Aufgabe zu sehen und das dieser Person beinahe glaubhaft machen konnte, war nicht zu unterschätzen. Doch hatte ich im Lauf meines Lebens zur Genüge mit Menschen seiner Art zu tun gehabt und wusste daher, dass ich mir auf seine Schmeicheleien nichts einzubilden brauchte.

„Nun", sagte ich und nippte an meinem Kaffee. „Für die Biografie benötige ich nicht nur umfangreiches Quellenmaterial, sondern auch persönliche Berichte und Anekdoten von jener Person, um die es eigentlich geht. Wann, denken Sie, kann ich Herrn Brodamm treffen?"

Winterstein lachte laut auf, als hätte ich einen guten Witz gemacht.

„Den Senior werden Sie bis auf weiteres nicht zu Gesicht bekommen", sagte er. „Herr Brodamm ist immerhin schon achtundachtzig Jahre alt, also nicht mehr der Jüngste, wenngleich geistig noch voll auf der Höhe."

„Aber ich muss ihn doch interviewen, wenn ich seine Lebensgeschichte aufschrieben soll", wandte ich ein.

„Dazu werden Sie zu gegebener Zeit selbstverständlich Gelegenheit bekommen", versprach Winterstein. „Allerdings erst, wenn ich Herrn Brodamm guten Gewissens davon überzeugen kann, mit Ihnen den geeigneten Biograf gefunden zu haben."

„Und das bedeutet für mich was genau?", wollte ich wissen.

„Das, Herr Strecker, heißt für Sie, dass Sie zunächst ein Probekapitel und eine Gliederung oder ein Exposé abliefern werden, damit wir, also ich und natürlich auch Herr Brodamm, uns über die Art und Weise ein Bild machen können, wie Sie gedenken, an das Projekt heranzugehen. Zu diesem Zweck steht Ihnen der Zugang zu unserem Firmenarchiv uneingeschränkt offen. Unser Archivar, Herr Jonas Balser, wird Ihnen, was Sichtung und Auswahl der Dokumente und des Bildmaterials angeht, zur Hand gehen. Wenn Sie ausgetrunken haben, stelle ich Sie ihm vor."

Ohne abzuwarten oder sich davon zu überzeugen, ob ich tatsächlich ausgetrunken hatte, erhob sich Winterstein und ging zur Tür. Mir blieb nichts anderes übrig, als ihm zu folgen.

Wir verließen das Bürogebäude und fuhren mit dem Fahrstuhl ins Kellergeschoss.

„Unser Unternehmen hat hier unten einige Räume neu angelegt, um unsere Kapazitäten zu erweitern", erklärte Winterstein, während wir einen langen Gang passierten, an dessen Decke Lüftungsrohre befestigt waren. Dann standen wir vor einer Metalltür mit Sprechanlage. Winterstein drückte auf einen Klingelknopf, nannte seinen Namen und drückte die Tür auf, nachdem ein leises Summen ertönt war. Wir betraten einen kleinen Vorraum, von dem zwei Türen zu anderen Räumlichkeiten führten. Der Vorraum selbst war lediglich mit einer Garderobe und einem Schirmständer möbliert. Den Fußboden bedeckte ein grauer Anstrich wie er in Heizungskellern häufig verwendet wurde. Winterstein machte keine

Anstalten, durch eine der beiden Türen hindurchzugehen. Stattdessen blieb er mit mir in der Diele stehen und wartete. Nach etwa dreißig Sekunden wurde eine der Türen geöffnet. Ein schmächtiger Mann in einem grauen Kittel stieß zu uns. Er trug einen akkurat gestutzten Vollbart, hatte kurze schwarze Haare und hielt eine Hornbrille in der Hand. Mit dem Saum seines Kittels wischte er hektisch über die Brillengläser.

„Tag, Herr Winterstein", murmelte er so leise, dass ich es kaum verstehen konnte. „Ich habe alles vorbereitet."

„Na, das ist doch bestens", erwiderte Winterstein gut gelaunt und mindestens drei Mal so laut wie der Kittelmann. „Das also ist unser Archivar, Herr Strecker. Bitte machen Sie sich bekannt."

„Balser", flüstere der Bärtige und streckte mir seine Hand entgegen. Ich ergriff sie und hatte das Gefühl, in eine Schüssel Pudding zu greifen.

„Angenehm, Strecker", gab ich zurück und lockerte schnell meinen Griff. Winterstein schlug in die Hände und rieb sie heftig. „Also, dann werde ich mal wieder. Die Arbeit macht sich schließlich nicht von allein. Falls Sie Fragen haben oder etwas brauchen, wissen Sie ja, wo Sie mich finden, Herr Strecker." Er schlug mir leicht auf die Schulter. „Aber ich bin sicher, dass Sie in Herrn Balser bereits einen kompetenten Ansprechpartner haben. Er hat Anweisung, Ihnen bei Ihrer Arbeit behilflich zu sein. Also dann, machen Sie's gut. Ich freue mich schon auf Ihren ersten Entwurf!"

Mit diesen Worten verließ uns Winterstein. Mir war klar, dass ich ihm nicht unter die Augen zu treten brauchte, ehe ich nicht ein aussagekräftiges Exposé plus Probekapitel vorweisen konnte.

Jonas Balser und ich standen uns einige Sekunden lang schweigend gegenüber. Als die Gesprächspause so richtig peinlich zu werden drohte, gab sich Balser einen Ruck und bat mich, ihm in die Archivräume zu folgen. Er deutete auf einen kleinen Tisch, der allem Anschein nach hastig freigeräumt worden war, denn es waren noch einzelne Staubränder darauf zu sehen.

„Hier können Sie arbeiten", sagte er. „Ich hoffe, Sie haben einen eigenen Laptop oder so etwas in der Art. Die Unternehmensleitung legt bedauerlicherweise nicht allzu viel Wert darauf, mir für meine Arbeit die nötige Ausrüstung zur Verfügung zu stellen. Ich kann Ihnen höchstens einen alten Macintosh anbieten, der eigentlich längst ausgedient hat und demnächst als Elektroschrott entsorgt werden soll. Den einzigen halbwegs modernen Computer brauche ich selbst für die Digitalisierung der Bestände."

„Für den Anfang reichen mir Papier und Bleistift", entgegnete ich und erntete dafür einen ungläubigen Blick.

„Im Ernst", bekräftigte ich. „Zu Beginn jeder Arbeit mache ich mir zunächst nur handschriftliche Notizen. Außerdem dachte ich, dass wir zunächst das Archivmaterial sichten könnten."

In Wahrheit hatte ich noch keine Ahnung, wie ich das Projekt angehen sollte. Aber das brauchte ich Balser ja nicht auf die Nase zu binden.

Der Archivar verzog das Gesicht.

„Ist irgendwas?", fragte ich.

„Nein, nein." Balser nahm die Brille von der Nase und putzte sie erneut. „Ich halte es nur für besser, Sie zunächst einmal durch das Archiv zu führen und Ihnen eine kurze Einweisung zu geben, damit Sie es bei Bedarf selbstständig nutzen können. Bitte haben Sie Verständnis, dass ich Ihnen bei Ihrer Recherche nicht ständig behilflich sein kann." Er drehte den Kopf und ließ seinen Blick durch den Raum schweifen. „Ich arbeite sonst ganz alleine hier unten und habe selbst niemanden, der mir unter die Arme greift."

Ich folgte seinem Blick und verstand sehr gut, was er meinte. Stellenweise herrschte hier eine ganz schöne Unordnung. Sechs Regalreihen zogen sich fast durch den gesamten Raum. Die Abstände dazwischen waren eng und betrugen jeweils nur etwa einen Meter. Gefüllt waren die Regale mit einer Unmenge von Aktenordnern, die teilweise kreuz und quer auf der Ablagefläche herumlagen. Jedes der Regale war etwa zwei Meter hoch und knapp fünfzig Zentimeter breit. Ganz oben standen vereinzelt Schuhkartons, aus denen vergilbtes Zeitungspapier hervorquoll.

„Das sind Artikel, die noch nicht alphabetisiert wurden", bemerkte Balser, der mitbekommen hatte, wie ich auf einen dieser Kartons starrte. „Eigentlich bin ich es, der etwas Unterstützung gebrauchen könnte", fügte er hinzu. „Ich bin wie gesagt ganz allein für das Archiv zuständig. Letzten Monat habe ich endlich damit begonnen, die Bestände zu digitalisieren. Eine Arbeit, die schon vor Jahren hätte durchgeführt werden müssen. Weit bin ich noch nicht gekommen. Ich traue mich kaum, Urlaub zu nehmen, weil ich genau weiß, dass mich nach meiner Rückkehr ein heilloses Durcheinander erwartet. Jeder bedient sich während meiner Abwesenheit wie es ihm passt, aber keiner stellt mal einen Ordner wieder dorthin zurück, wo er ihn aus dem Regal genommen hat."

„Wozu benötigt denn eine Hausverwaltung oder eine Baufirma ein derart umfangreiches Archiv?", wunderte ich mich.

Balser fingerte an seinem Brillenbügel herum und lächelte gequält. „Kaum zu glauben, dass das überhaupt nötig ist, wollten Sie wohl sagen, was?"

Ehe ich widersprechen konnte, fuhr Balser fort. „Schon gut. Ich will es Ihnen gerne erklären. Zunächst sind da einmal alle möglichen Geschäftsvorgänge, die von Gesetz wegen zehn Jahre lang aufbewahrt werden müssen. Dann sind hier mehrere Jahrgänge aller möglichen Fachzeitschriften aus dem Bau- und Immobilienwesen eingelagert. Schließlich gibt es dann noch die Zeitungsartikel, in denen über den Baukonzern Brodamm und seine Tochtergesellschaften berichtet wurde und nicht zuletzt sind da noch eine Menge Urkunden und Prozessakten. Die reichen am weitesten zurück in die Vergangenheit."

„Ich soll eine Biografie über Herrn Brodamm und sein Unternehmen verfassen. Wo finde ich dazu passendes Material?"

„Wie gesagt, die Prozessakten geben am meisten her", wiederholte Balser und bedachte mich mit einem Blick, den ich nicht recht zu deuten wusste. „Was können Sie mir denn aus dem Stegreif über den Baukonzern erzählen?" fragte ich. „Ein kleiner Abriss über die Firmenhistorie würde mir helfen, in das Thema hineinzufinden."

„Da versorge ich Sie doch lieber mit Quellenmaterial", wich Balser aus. Er wandte sich ab und gab mir damit deutlich zu verstehen, dass er nicht gewillt war, mit mir weiter über dieses Thema zu reden.

„Gut", sagte ich. „Bleiben wir in der Gegenwart. Wissen Sie etwas über den Todesfall in der Niederwaldstraße?"

Balsers Augen verengten sich. „Wollen Sie darüber schreiben?", fragte er. „Ich glaube nicht, dass das auf große Gegenliebe stoßen wird."

„Gibt es über das Haus irgendwelche Unterlagen?", beharrte ich. „Wenn ich ein Porträt über Herrn Brodamm und seine Firma schreiben soll, gehören auch einige Schattenseiten dazu. Sonst wirkt es unglaubwürdig."

„Einige Schattenseiten?" Balser lachte auf. „Wenn Sie sich mit der Geschichte von Brodamm Bau beschäftigen, werden Sie feststellen, dass es diese *Schattenseiten* seit der Firmengründung gegeben hat. Allein der Ausdruck *Gründung* ist hier völlig fehl am Platz."

„Warum?"

„Weil das Unternehmen schon vor mehr als siebzig Jahren bestand. Nur hatte es damals einen anderen Eigentümer."

„Natürlich", sagte ich, „sonst wäre Herr Brodamm inzwischen über hundert Jahre alt oder etwa nicht?"

Balser winkte verächtlich ab. Er drehte sich wortlos um und verschwand zwischen den Regalen. Ich hörte seine dumpfen Schritte auf dem Linoleumboden, hörte, wie sie sich immer weiter entfernten und überlegte, was ich gesagt haben mochte, das ihn so beleidigt hatte, dass er meine Anwesenheit floh. Aber während ich noch darüber nachgrübelte, hörte ich die Schritte wieder näher kommen. Balser hatte einen Ak-

63

tenordner in der Hand, den er auf den mir zugedachten Schreibtisch fallen ließ. „Bitte Herr Strecker. Ich kann Ihnen bis zum Abschluss Ihrer Einarbeitung zwar bei der Quellensuche zur Hand gehen, aber lesen, und Ihre Schlüsse ziehen, müssen Sie schon selbst."

Ich überlegte kurz und fragte dann: „Wissen Sie, wie der Vorbesitzer von Brodamm Bau hieß?"

Balsers Lächeln verriet mir, dass ich seine Andeutung richtig aufgefasst hatte. „Rosenberg", antwortete er. „Aaron Rosenberg, wenn ich mich recht erinnere."

Ich warf einen Blick auf die Armbanduhr, die Balser an seinem linken Handgelenk trug und fand, dass ich für heute genug Zeit an diesem Ort verbracht hatte. Außerdem begann mir langsam zu dämmern, worauf der Archivar hinaus wollte. Ich konnte jedoch nicht behaupten, dass ich dem von ihm gegebenen Hinweis gerne folgte. Gräueltaten der Nazis nachzuspüren konnte auch heute noch unangenehme Folgen für diejenigen nach sich ziehen, die auf diese Untaten hinwiesen. Vor allem, wenn einflussreiche Personen aus Wirtschaft, Politik und Justiz mit von der Partie waren.

„Ich glaube, ich beginne zu verstehen", sagte ich. „Für heute sollten wir es aber gut sein lassen. Was ich jetzt zu tun habe, kann ich auch in meinem Home-Office erledigen. Ich schaue morgen im Laufe des Tages wieder bei Ihnen vorbei. Bis dahin haben Sie Ruhe vor mir und können sich Ihren eigenen Aufgaben widmen."

Balser wirkte durch meinen angekündigten Aufbruch ein wenig irritiert, fing sich aber schnell wieder. Die Aussicht, mich jetzt los zu werden, schien ihm durchaus zu gefallen. „Gut, wie Sie meinen. Ich lasse Sie hinaus."

Er begleitete mich zum Ausgang und betätigte einen Knopf am Türrahmen, worauf ein leises Summen ertönte.

„Die Tür ist jetzt offen. Auf Wiedersehen."

Kapitel 10

Mein *Home-Office* bestand neben Telefon und Anrufbeantworter aus einem Laptop, an dem ich vorzugsweise arbeitete,
wenn ich auf meiner Wohnzimmercouch saß. Eine Tasse, gefüllt mit dampfend heißen Kaffee vor mir, fuhr ich das Betriebssystem hoch und öffnete den Browser. Anschließend
klickte ich mich durch diverse Webseiten mit Informationen
über die jüngere deutsche Geschichte, um mir einen Über-
blick über den gesellschaftlichen Hintergrund Deutschlands
in den dreißiger Jahren des zwanzigsten Jahrhunderts zu ver-
schaffen. Immerhin lag mein Schulbesuch schon einige Jahrzehnte zurück, und meine Geschichtslehrer hatten sich auch
nicht gerade durch besonderen Eifer hervorgetan, die Klas-
sen, die ich besuchte, über das Dritte Reich aufzuklären. Ihren Darstellungen zufolge schien Adolf Hitler wie aus dem
Nichts an die Macht gekommen zu sein. Er hatte sich nach an-
fänglichen militärischen Erfolgen mit dem Russlandfeldzug
übernommen und kurz vor Kriegsende selbst getötet. Begriffe wie Judenverfolgung und Konzentrationslager wurden im
Unterricht zwar erwähnt, aber keinesfalls gründlich erörtert.
Soweit ich ich mich erinnern konnte, schienen die Lehrer
heilfroh zu sein, diese Punkte auf ihrem Lehrplan abhaken zu
können.

Nach etwa zweieinhalb vor dem Bildschirm verbrachten
Stunden bekam ich rote Augen, hatte aber auch einiges über
die Auswirkungen der 1935 vom Naziregime erlassenen Rassengesetze in Erfahrung bringen können. Auf deren Grundla-
ge waren im Dritten Reich lebende Juden systematisch aus
bestimmten Berufen gedrängt, jüdische Unternehmer enteig-
net und jüdische Familien um ihren Besitz gebracht worden.
Nutznießer dieser Praxis waren Günstlinge des Hitler-Regi-
mes, denen das geraubte Eigentum jüdischer Mitbürger, die
nach dem Willen der Nazis keine Mitbürger mehr sein sollten, überschrieben wurde. Ob auch Karl-Heinz Brodamms Va-

ter von solch einer Übereignung profitiert hatte, würden mir vermutlich entsprechende Unterlagen aus Balsers Archiv verraten. Blieb die Frage, warum Jonas Balser mich mit der Nase auf die unrühmliche Epoche der Geschichte des Unternehmens, für das er arbeitete, gestoßen hatte. Loyales Verhalten gegenüber seinem Arbeitgeber legte er damit jedenfalls nicht an den Tag.

Ein Blick auf die Uhr ließ mich zu dem Schluss kommen, für heute genug gearbeitet zu haben. Ich überlegte gerade, ob ich zu Maschine fahren sollte, um mit ihm gemeinsam zu überlegen, wie unserem Freund Le Meur aus der Patsche zu helfen sei, als es an meiner Wohnungstür klingelte. Ich ging hin und öffnete, was ich augenblicklich bereute, denn auf der Türschwelle stand niemand anderes als Astrid Schenk.

„Und, schon was herausgefunden?", fragte sie und drängte sich an mir vorbei in die Wohnung. Begrüßungsfloskeln auszutauschen war ihre Sache offensichtlich nicht.

„Kommen Sie ruhig herein", murmelte ich und konnte mich gerade noch zurückhalten, die Aufforderung: *Fühlen Sie sich wie Zuhause* hinzuzufügen. So, wie ich die Schenk kannte, wäre sie dem nur allzu bereitwillig nachgekommen.

„Wo lang?", fragte sie und deutete nacheinander auf die drei Türen, die zu Küche, Schlaf- und Wohnzimmer führten.

„Links", seufzte ich und wies auf die Küchentür.

„Super", sagte sie, nachdem sie eingetreten war. „Da können nen Sie uns ja gleich einen schönen Kaffee kochen, oder nicht?"

„Eigentlich bin ich gerade auf dem Sprung", erwiderte ich, froh darüber, dass mir mein Vorhaben, Maschine zu besuchen, wieder eingefallen war.

„Ach, kommen Sie schon, Strecker. Für'n Käffchen werden Sie schon noch Zeit haben. Außerdem schulden Sie mir was."

„Ich Ihnen?" Mein Unterkiefer folgte der Schwerkraft, was mich vermutlich ziemlich blöde aussehen ließ.

„Immerhin habe ich Sie vor dem Gefängnis bewahrt. Schon vergessen?"

66

Sie schien zu merken, dass ich mich gerade bereit machte, energisch gegen ihre einseitige Sicht der Dinge zu widersprechen und ließ mich daher erst gar nicht zu Wort kommen. „Außerdem arbeiten wir beide an demselben Fall, wie wir erst gestern festgestellt haben. Mann, Strecker, was ist los mit Ihnen? Leiden Sie unter Alzheimer oder was? Schließlich haben wir eine Vereinbarung, dass Sie mich auf dem Laufenden halten."

„Das nennen Sie eine Vereinbarung?", gelang es mir endlich, einzuwerfen. „Abgesehen davon, dass ich Ihnen weder etwas schuldig bin noch irgendetwas versprochen habe; was genau wäre denn ihr Beitrag gemäß dieser", ich schrieb mit den Fingern zwei Anführungszeichen in die Luft, *Vereinbarung?*"

Die Schenk machte ein beleidigtes Gesicht. „Ich würde selbstverständlich dasselbe für Sie tun", maulte sie. „Aber wie ich Ihnen gestern bereits erklärt habe ..."

„Sind Ihnen die Hände gebunden, ja, ja", winkte ich ab. Sie wollte noch etwas sagen, aber diesmal ließ ich sie nicht zu Wort kommen. „Lassen Sie mich nachdenken", sagte ich und stand auf, um Kaffee zu machen.

Wider erwarten machte die Schenk keinen Druck und ließ mich tatsächlich in Ruhe.

Während ich Wasser aufsetzte, wartete, bis es kochte, Kaffeepulver in eine Filtertüte gab und anschließend heißes Wasser über das Pulver in eine Kanne goss, ließ ich meine Gedanken um den Fall kreisen. Ich suchte nach einer Verbindung zwischen Ronnies Tod, Brodamm Bau, der in meiner Küche sitzenden Reporterin Astrid Schenk und dem Dritten Reich, fand aber zunächst nichts, was alle diese Dinge auf einen gemeinsamen Nenner brachte.

Der Kaffee war fertig. Ich goss der Schenk und mir jeweils eine Tasse voll, stellte Milch und Zucker auf den Tisch und setzte mich. Sie wollte das zum Anlass nehmen, ihr Schweigen zu brechen, aber ich hob die Hand, um ihr zu bedeuten, dass ich noch etwas Zeit brauchte. Dann konzentrierte ich mich auf das, was sich nicht in die Verbindung der fraglichen

Stichworte einfügen wollte. Balsers Andeutungen zufolge bestand ein Zusammenhang zwischen der Familie Brodamm und dem Dritten Reich.

Ich vermutete, dass die Schenk bei ihren Recherchen anlässlich des bevorstehenden Firmenjubiläums auf diese dunklen Punkte in der der Vergangenheit des Baukonzerns gestoßen und, weil Brodamm über Macht und Einfluss verfügte, zurückgepfiffen und kaltgestellt worden war. So weit, so gut. Offen blieb bislang, wie Ronnie Volz in dieses Bild passte. Ich wusste einfach zu wenig über ihn. Allerlei Versäumnisse kamen mir in den Sinn. Ich hatte mir weder Ronnies Zimmer zeigen lassen noch nach seinem Beruf oder Studium gefragt. Höchste Zeit, das nachzuholen. Zuerst wollte ich mir jedoch von der Schenk meine Theorie über die Gründe, die zu ihrer Versetzung in die Anzeigenabteilung geführt hatten, bestätigen lassen.

„Was genau haben Sie eigentlich recherchiert, das Winterstein und Brodamm so sauer aufgestoßen ist?", fragte ich.

„Kennen Sie sich mit der Geschichte des Nationalsozialismus aus?" Ihre Gegenfrage entlockte mir ein Lächeln, das möglicherweise eine Spur zu selbstgefällig ausfiel.

„Was ist?", fragte sie. „Haben Sie einen Schlaganfall bekommen oder ist Ihnen das Gesicht eingefroren?"

„Weder noch", entgegnete ich. „Ich freue mich nur, dass Sie gerade meinen Ermittlungsansatz bestätigt haben. Brodamm Bau möchte ein glanzvolles Firmenjubiläum feiern. Da passt es für die Verantwortlichen natürlich nicht ins Bild, wenn Sie im braunen Sumpf wühlen und allerlei Hässliches zu Tage fördern."

„Wie etwa die Tatsache, dass der angebliche Firmengründer nicht der großartige Unternehmer gewesen ist, der Brodamm Bau quasi aus dem Nichts zu einem der führenden Konzerne in der Baubranche gemacht hat, sondern den wirtschaftlichen Erfolg seiner Firma einzig der Kollaboration mit den Nationalsozialistischen verdankt."

„Die sich mit dem Erlass der Nürnberger Rassengesetze zum angeblichen Schutz des Deutschen Volkes die juristische Legitimation verschafften, jüdische Mitbürger zu enteignen, deren Vermögen in die Hände von Leuten zu legen, die den Nazis treu ergeben waren und auch vor Verbrechen gegen die Menschlichkeit nicht zurückschreckten."

Ich griff zum Handy, das auf dem Küchentisch lag.

„Wen wollen Sie anrufen?"

„Meine Auftraggeberin. Ich möchte sie fragen, welche Fächer Ronnie an der Uni belegt hat."

„Das kann ich Ihnen sagen. Er studierte Neuere Geschichte und Politikwissenschaft. Hatten Sie das etwa noch nicht recherchiert? Dazu hätte doch ein Blick in seine Seminarunterlagen ausgereicht." Sie hielt inne und bedachte mich mit einem ungläubigen Blick. „Sie haben sich Ronnies Sachen noch gar nicht richtig angesehen, stimmt's?"

Ich ignorierte die Frage und nahm einen Verlegenheitsschluck aus meiner Kaffeetasse.

„Wissen Sie vielleicht, woran er zuletzt gearbeitet hat?", fragte ich mit belegter Stimme, „welche Hausarbeiten er geschrieben, welche Referate er gehalten hat?"

„Er hatte verschiedene Seminare über die jüngere deutsche Geschichte belegt."

„Das würde doch passen", sagte ich. „Nehmen wir an, dass Ronnie für eine Seminararbeit über Günstlinge des NS-Regimes recherchiert hat und dabei auf braune Flecken auf der angeblich weißen Jubiläumsweste von Brodamm Bau gestoßen ist. Vielleicht haben Winterstein oder diese Schellenberg versucht, Ronnie zu bestechen oder wie sie kaltzustellen. Als das nicht funktionierte, hat einer von ihnen oder beide, zu drastischeren Mitteln Zuflucht genommen."

„Mag ja sein", sagte die Schenk und wog ihr blondes Haupt sachte hin und her. „Aber deswegen gleich einen Mord zu begehen, scheint mir doch zu abwegig."

„Wieso denn nicht?", beharrte ich. „Außerdem könnte es ja auch ein Unfall gewesen sein. Immerhin fehlt in dem Niederwaldstraßenhaus das Treppengeländer. Gut möglich, dass es zu Anfang nur eine erregte Diskussion gegeben hat. Ein Streitgespräch, das unbeabsichtigt aus dem Ruder gelaufen ist."

Plötzlich war mir, als spielte sich die Szene direkt vor meinem inneren Auge ab. Ich stand auf und schob den Stuhl zurück, um meinem Küchengast die Handlung vorzuspielen. „Ein Wort gibt das andere", erklärte ich und fuchtelte mit den Händen in der Luft herum. „Dann kommt es zu ersten Tätlichkeiten. Ein Schubser hier, ein Schubser da, wieder ein Stoß zurück. Plötzlich verliert Ronnie das Gleichgewicht ...", ich schwankte hin und her und ruderte mit den Armen durch die Luft. „Er versucht sich festzuhalten, aber da gibt es ja kein Geländer mehr, an dem er Halt finden könnte, also stürzt er in die Tiefe", vollendete ich meine Ausführungen und landete auf dem Hosenboden, weil ich mich vor lauter Eifer selbst aus dem Gleichgewicht gebracht hatte.

Die Schenk prustete los. „Sehr beeindruckend vorgetragen, Herr Detektiv. Wenn Sie mit der Nummer noch frei sind, können Sie damit im Zirkus auftreten. Allerdings gibt es bislang keinen Beweis für Ihre Theorie." Sie nahm einen Schluck Kaffee, stellte die Tasse wieder auf den Tisch und faltete die Hände wie zum Gebet. „Ich meine, da müsste dieser Ronnie schon sehr tief im Dreck gewühlt haben. Sehen Sie sich doch mal an, wie es um die Vergangenheitsbewältigung großer Konzerne oder auch Sportverbände bestellt ist. In vielen Unternehmen waren Zwangsarbeiter in der Produktion eingesetzt. Andere oder auch dieselben Firmen haben zudem von der Enteignung jüdischer Mitbürger profitiert. Da hat man halt irgendwann eine sogenannte Entschädigung an die wenigen Überlebenden oder deren Nachkommen bezahlt und sich damit reingewaschen. Das Leben ging weiter und große Teile der Bevölkerung waren es ohnehin leid, sich mit dem Nationalsozialismus auseinanderzusetzen. Schließlich hatte ein Volk, das eine derartige Wirtschaftsleistung vorweisen konnte, ein Recht darauf, nichts mehr von Auschwitz hören zu müssen, wie es ein bekannter bayrischer Politiker so oder zumindest so ähnlich einstmals formulierte. Vielleicht hat der ein oder andere Konzern, weil es gerade opportun erschien, noch die ein oder andere Studie finanziert, die sich mit Themen wie Rüstungsproduktion im Dritten Reich oder die damalige Ausbeutung von Zwangsarbeitern auseinandersetzt und jetzt in Leinen gebunden in irgendeinem Archiv vor sich hin gammelt. Damit hatte es sich dann aber auch. All das ist heutzutage nichts, womit man noch einen alten Hund hinterm Ofen hervorlocken könnte! Klingt vielleicht zynisch, ist aber die traurige Wahrheit."

„Wenn ich eine Hausarbeit Ronnies finden könnte, die sich kritisch mit der Vergangenheit von Brodamm auseinandersetzt, wäre das immerhin ein Indiz", widersprach ich.

„Na ja, vielleicht ein kleiner Hinweis, dass Sie doch auf der richtigen Spur sein könnten, woran ich allerdings nicht glaube", dämpfte sie meinen Enthusiasmus.

„Ich kann mir jedenfalls überhaupt nicht erklären, womit ich dem alten Brodamm auf die Füße getreten sein könnte. Ich stand doch mit meinen Recherchen noch ganz am Anfang!"

„In Verbindung mit dem, was Ihnen widerfahren ist, wäre das mehr als nur ein Hinweis, wenn Ronnie sich auch mit der Firmengeschichte des Baukonzerns befasst hätte", beharrte ich. „Gibt es irgendwas, mit dem Sie beweisen können, dass Ihr Chefredakteur oder der Herausgeber Ihres Blattes unter Druck gesetzt worden sind? Briefe oder E-Mails, in denen Winterstein oder Brodamm damit gedroht haben, Anzeigenaufträge zu stornieren, wenn Sie keine Ruhe geben?"

Astrid Schenk hatte ihre Stirn in Falten und einen Zeigefinger auf die Lippen gelegt, was ihr außerordentlich gut stand, wie ich zu meiner eigenen Überraschung feststellte.

„Ich könnte mich mal im Büro meines Chefs umsehen", sagte sie nach einer Weile. „Der ist morgen außer Haus."

„Seien Sie bloß vorsichtig", entfuhr es mir.

Die Schenk lachte. „Machen Sie sich etwa Sorgen um mich?"

„Quatsch", brummte ich, steckte meinen Kopf unter die Tischplatte, damit sie nicht sah, wie ich rot wurde und tat so, als suchte ich etwas auf dem Fußboden.

„Ist Ihnen was runtergefallen?"

71

„Hab`s schon", antwortete ich und tauchte wieder auf. Die Schenk packte ihre Handtasche und stand auf.

„Ich muss dann wieder los", sagte sie. „Gehen Sie doch noch einmal zu Ronnies WG und lassen sich seine Sachen zeigen, wenn die noch nicht abgeholt worden sind. Vielleicht finden Sie da ja doch noch irgendwas, das uns in diesem Fall weiter voranbringt. Wir halten uns auf dem Laufenden. Wenn einer von uns etwas Neues erfährt, meldet er sich, abgemacht?"

Sie streckte mir die Hand hin. Ein wenig verwirrt griff ich zu. Keine Vorwürfe mehr von ihr, weil ich mir Ronnies Habe noch nicht angesehen hatte? Ich konnte kaum glauben, dass sie so eine Gelegenheit, mir eins reinzuwürgen, ungenutzt verstreichen ließ. Stattdessen ein Kooperationsangebot und sogar ein Händedruck zum Abschied. Astrid Schenk würde doch nicht etwa anfangen, mir gegenüber einen Hauch von Sympathie zu empfinden?

Kapitel 11

Es war inzwischen Abend geworden, aber noch nicht zu spät, um Maschine aufzusuchen. Ich verließ meine Wohnung und fuhr mit dem Bus nach Biebrich.

Es war nicht das erste Mal, dass ich miterlebte, wie Maschine anfing, in die Depression abzugleiten. Es war vielleicht auch nicht der schlimmste Schub, den ich mitbekam. Aber vielleicht war es einmal zu oft, dass ich es mitansehen musste. Diesmal war es unerträglich für mich, meinem Freund in seinem Wohnzimmer gegenüberzusitzen, ihm dabei zuzusehen, wie er mit zittriger Hand ein Senfglas randvoll mit Whisky füllte, es in einem Zug zur Hälfte austrank, das Glas absetzte, erneut voll schenkte, noch einen Schluck nahm, nach seinen Zigarettenpapierchen griff, fahrig den Tabakbeutel hervorholte und dabei einen Haufen Krümel auf der Tischplatte verteilte. Es war auch nicht neu für mich zu sehen, wie seine Augen meinen Blick zu suchen schienen und sich dann doch wieder von mir abwandten. Ich hatte das alles schon erlebt und es war jedesmal die Hölle für mich gewesen. Trotzdem hatte ich mich immer gezwungen, bei ihm sitzen zu bleiben, bis er vollkommen bekifft und betrunken zusammensackte und in einen bewusstlosen Schlaf sank. Dann hatte ich ihn zugedeckt, mich davon überzeugt, dass keine Zigarette mehr qualmte, die einen Brand auslösen konnte, Maschines Wohnungstür hinter mir zugezogen und mich auf den Weg nach Hause gemacht. Aber diesmal konnte ich es nicht ertragen ihn so zu sehen, hatte nicht mehr die Kraft, stumm seiner Selbstzerstörung zuzusehen. Etwas in meinem Innern trieb mich, den Mund aufzumachen und jene Worte auszusprechen, die ich Maschine schon vor langer Zeit hatte sagen wollen, mich aber bis heute nicht getraut hatte, auszusprechen.

„Henning", sagte ich leise und räusperte mich, weil ich merkte, dass mir die Stimme versagen wollte.

„Hä?", kam es von ihm zurück. Er schien nicht recht zu begreifen, dass ich mit ihm sprach. „Henning", wiederholte ich. „Ich muss dir etwas sagen."

„Wieso nennst du mich so?", fragte er schroff. „Ich bin Maschine, das weißt du doch."

„Bitte Henning", ich merkte, wie mich der Mut, ihm die Wahrheit zu sagen, wieder verlassen wollte. „Du musst mir jetzt zuhören."

„Wenn du mich noch einmal so nennst", brummte er wütend, „sind wir geschiedene Leute. Ist das klar?" Er beugte sich in seinem Rollstuhl nach vorn. „Also, wie heiße ich?"

Ich schaute zur Seite und kämpfte mit den Tränen.

„Wie ich heiße, will ich von dir wissen", forderte Henning mit schwerer Zunge.

„Maschine", sagte ich leise.

„Oder?"

„Oder was?", fragte ich verwirrt.

„Der andere Name. Los, sag ihn!"

„Cyborg", flüsterte ich.

Zufrieden lehnte er sich wieder zurück. Im nächsten Augenblick sackte sein Kopf zur Seite und er fing lauthals an zu schnarchen. Ich blieb noch einige Sekunden sitzen und versuchte, mein aufgewühltes Innenleben durch mehrmaliges tiefes Durchatmen zu beruhigen, was mir auch einigermaßen gelang. Dann stand ich auf, suchte nach einer Decke, die ich meinem Freund auf den Körper legen konnte und schlich anschließend zur Wohnungstür.

Ich hatte Maschine vorhin alles sagen wollen, was mich seit Jahren bedrückte und von innen her wie ein giftiges Geschwür auffraß, aber er war einfach eingeschlafen. Ich wusste nicht, ob und wann ich noch einmal den Mut für ein Geständnis aufbringen würde.

„Tim!"

Ich erstarrte vor Schreck, die Hand noch auf der Klinke, die ich gerade hatte herunterdrücken wollen, um die Tür zu öffnen und die Wohnung zu verlassen. Ungläubig drehte ich mich um und gewahrte Henning, der sich gerade von der Decke befreite, die ich auf ihn gelegt hatte.

„Willst du schon gehen?"

„Ich dachte, du wärst eingeschlafen."

„Bin tatsächlich etwas müde geworden. Die letzte Mischung war wohl etwas zu heftig. Vielleicht sollte ich eine Line Koks oder Speed einfahren. Sag mal, wolltest du mir nicht etwas sagen? Ich hatte den Eindruck, es wäre dir unheimlich wichtig."

Er formte eine Linie aus weißem Pulver auf seinem Glastisch, zog sich die Droge durch die Nase und spülte mit einem Schluck Whisky nach. Seine Augen wurden glasig und blickten starr an mir vorbei.

Ich spürte einen Riesenkloß in meinem Hals und hatte den Eindruck, mein Magen wäre zugeschnürt wie ein Rollbraten. Trotzdem wollte ich die Gelegenheit nicht ungenutzt vorbeistreichen lassen. Nachdem ich diesen Entschluss gefasst hatte, purzelten die Worte beinahe wie von selbst aus meinem Mund.

„Ich bin für deinen Zustand verantwortlich", begann ich. „Ich habe damals mitbekommen, wie du von Bronski³ und seinem Kumpan zusammengeschlagen wurdest und zugesehen, bis sie fertig waren und verschwunden sind. Erst dann habe ich den Notarzt angerufen."

„Was redest du da?", lallte Henning. Offensichtlich war er immer noch nicht ganz wach. Jedenfalls hatte er seine Zunge noch nicht völlig unter Kontrolle.

Einmal ins Reden gekommen, konnte ich nicht wieder aufhören und fuhr fort, als würde mich eine unbekannte innere Macht antreiben. „Ich habe die ganze Zeit hinter einem Busch gehockt, während die Schläger auf dich eingedroschen haben. Ich hätte vielleicht verhindern können, dass du heute im Rollstuhl sitzt, teilweise gelähmt bist und nur noch auf einem Auge sehen kannst. Aber ich war einfach zu feige, hörst du? Ich hatte so eine Scheißangst, dass mir völlig egal war, was die beiden mit dir anstellten! Du denkst, ich bin dein Freund, aber das bin ich nie gewesen. Ich erzähle dir das jetzt, weil ich es nicht mehr aushalte, dir jedesmal ins Gesicht zu lügen, wenn wir uns begegnen. Ich halte es einfach nicht mehr aus, mitanzusehen, wie du vor die Hunde gehst, weil ich weiß, dass ich daran Schuld bin und es nie wieder gutmachen kann!" Erschöpft holte ich Luft. Meine Wangen waren tränennass und fühlten sich total heiß an, aber ich hatte ja auch wie im Fieber geredet.

Henning starrte mich mit offenem Mund an, wahrscheinlich war ihm schon zu Beginn meines Geständnisses die Kinnlade nach unten gesackt und dort hängen geblieben. Ich wartete darauf, dass er etwas sagte, ein Glas oder eine Flasche packte, um mir das an den Kopf zu werfen, oder dass er zu mir herüberkam, um mit seinen gesunden Körperteilen, die ihm noch verblieben waren, auf mich einzuschlagen. Aber nichts von alldem geschah. Stattdessen sackte sein Kopf ein weiteres Mal nach vorn auf die Brust und er schlief erneut

3) Siehe Band 1 dieser Trilogie: KnieFall

75

ein. Der Lautstärke seines Schnarchens nach zu urteilen, hatte er diesmal die Tiefschlafphase erreicht. Ich stand wie vom Donner gerührt und konnte es einfach glauben. Das sollte es gewesen sein? Ich befand mich in einem emotionalen Ausnahmezustand und wusste nicht, ob ich im nächsten Augenblick hysterisch lachen oder einen Weinkrampf bekommen würde. Nachdem einige Zeit verstrichen und keins von beiden eingetreten war, tat ich, was ich vorhin bereits getan hatte. Ich deckte Henning erneut zu und verließ leise die Wohnung. Diesmal wachte er nicht auf.

Üblicherweise ziehe ich es vor zu laufen, wenn ich ein emotional aufwühlendes Erlebnis, etwa einen heftigen Streit, hinter mir habe. Doch nachdem ich Hennings Wohnung verlassen hatte, stand ich wie verloren hilflos auf der Straße und wusste, dass ich es heute Nacht niemals zu Fuß bis in die Stadt schaffen würde. Busse fuhren um diese Zeit keine und es war ohnehin fraglich, ob ich es inmitten anderer Fahrgäste ausgehalten hätte. Also winkte ich ein gerade vorbeifahrendes Taxi heran und ließ mich nach Hause fahren. Der Fahrer merkte sofort, dass ich auf keine Unterhaltung aus war und konzentrierte sich auf die Fahrbahn. In der Drudenstraße angekommen, musste er mich zwei Mal ansprechen, bis ich merkte, dass es für mich an der Zeit war, zu bezahlen und auszusteigen. Ohne hinzusehen drückte ich ihm zwei Scheine mit einem „Stimmt so" in die Hand und sein betont freundliches Dankeschön machte mir klar, dass ich die nächste Woche hauptsächlich von Nudeln mit Ketchup leben würde. Müde, aber dennoch nicht schläfrig, schleppte ich mich die Treppen zu meiner Wohnung hoch und legte mich aufs Bett. Bis zum Morgen dämmerte ich vor mich hin, während mir tausend Dinge durch den Kopf gingen. Irgendwann, während ein Großteil der Bevölkerung bereits auf den Beinen war und seiner Arbeit nachging, glitt ich dann doch in einen unruhigen Schlaf.

Ich träumte wirres Zeug, von dem mir nur eine Sequenz in Erinnerung blieb. Ich hatte ein Flugticket und wollte mich zeitig auf den Weg zum Hauptbahnhof machen, um von dort mit der S-Bahn zum Frankfurter Flughafen zu fahren. Ich hatte extra für einen großen Zeitpuffer gesorgt, der es mir erlaubte, einen Teil der Strecke zu Fuß zu bewältigen. Aus der Ferne konnte ich bereits das Bahnhofsgebäude sehen. Nur noch wenige Gehminuten und ich würde es erreicht haben. Doch der gewohnte direkte Weg war mir aus irgendeinem unverständlichen Grund plötzlich versperrt. Ich bog nach rechts ab, um den mir unbekannten Häuserblock, der mein Weiterkommen verhinderte, zu umrunden und mich dem Bahnhof von einer anderen Seite aus zu nähern. Erneut tat sich vor mir ein Hindernis auf, das mich zu einem weiteren Umweg zwang. Nun war ich in einem Viertel angekommen, von dem ich noch nie gehört hatte. Ich irrte herum, während mein Zeitpuffer wegschmolz wie Eis auf einer Herdplatte. Während ich immer hektischer nach einem Ausweg aus diesem Labyrinth suchte, dämmerte mir allmählich, dass ich den Bahnhof niemals erreichen und meine S-Bahn sowie meinen Flug verpassen würde.

Geweckt wurde ich wie so oft von dem nervtötenden Signalton meines Telefons, der mich aus diesem Alptraum befreite. Ein Blick auf die Uhr setzte mich darüber in Kenntnis, dass es schon ein Uhr mittags war. Bemüht, meine Sinne zusammenzubekommen, tastete ich nach dem Hörer und nahm ab.

„Strecker, hier."

„Hallo, Tim. Ich bin`s."

Die rasante Beschleunigung meines Pulsschlags ließ mich schlagartig wach werden. Ich konnte nicht glauben, dass derjenige am anderen Ende der Leitung so ruhig mit mir redete, als wäre nichts geschehen.

„Maschine, du?" Zugegeben, keine intelligente Frage, aber mehr fiel mir beim besten Willen nicht ein.

Der Cyborg lachte dreckig. „Vertauschte Rollen, was? Nach meinem gestrigen Zustand zu urteilen, konnten wir wohl nicht davon ausgehen, dass ich es sein würde, der dich aus dem Bett schmeißt, oder? Du hörst dich jedenfalls ganz schön fertig an. Bist du denn gut nach Hause gekommen?"

„Ob ich ... ja, sicher, warum fragst du?"

„Nur so, wollte mich einfach mal gemeldet haben und kurz *Danke* sagen. Hast mich ja in die Decke gewickelt wie eine Mutter ihr Baby. So ganz fürsorglich, richtig süß."

Ich umkrampfte den Hörer und rang nach Luft. Mein Körper zitterte, als würde ihn jemand kräftig durchschütteln. Obwohl ich wusste, dass ich wach war, fühlte ich mich wie die Hauptfigur in einem absurden Theaterstück. Hatte ich meinen Freund durch das gestrige Geständnis in den Wahnsinn getrieben? War die Wahrheit einfach zu viel für ihn gewesen? Derart zu viel, dass er unsere jüngste Unterhaltung komplett verdrängt hatte? Mir wollte immer noch kein gescheiter Satz einfallen, den ich von mir geben konnte, aber zum Glück redete Maschine schon weiter und lieferte mit seiner nächsten Frage die Erklärung für diese groteske Situation. „Sag mal, habe ich eigentlich viel Scheiße geredet, gestern Abend? Ich kann mich nämlich an nichts mehr erinnern."

„Du kannst ...", ich schnappte nach Luft wie ein Fisch auf dem Trockenen. „Du hast keine Erinnerung mehr an das, worüber wir geredet haben, wirklich nicht?"

„Keinen Schimmer. Absoluter Filmriss. Verdammte Kifferei, verdammte Sauferei, verdammtes Speed. Du wirkst ein bisschen durcheinander, Tim. Habe ich was Wichtiges vergessen?"

Mein Schweigen musste wohl einige Zeit gedauert haben, denn Maschine fragte plötzlich: „He, Tim, bist du noch da?"

„Ich, ja sicher. Entschuldige, ich glaube, meine Milch kocht gleich über. Ich ruf dich wieder an."

„In Ordnung, aber sag mir noch schnell, über was wir zuletzt geredet haben. Irgendwie habe ich das Gefühl, es wäre wichtig gewesen, aber ich komme einfach nicht drauf, was es gewesen ist."

„War nicht wichtig", sagte ich langsam. „Glaub mir. Nur dummes Zeug. Mach`s gut."

Damit legte ich auf.

Mich wieder ins Bett zu legen, die Decke über die Ohren zu ziehen und möglichst überhaupt nicht aufzustehen, schien mir äußerst verlockend. Dass ich gestern Nacht regelrecht durch die Hölle gegangen war, nach all den Jahren endlich den Mut gefunden hatte, Maschine meine Rolle in der Tragödie seines Lebens zu gestehen und dies alles völlig umsonst gewesen sein sollte, erschien mir so unfair. Irgendwie absolut lächerlich, aber doch weit mehr als ein schlechter Witz auf meine Kosten. Im Grunde hatte sich meine Situation durch mein gestriges Geständnis nur verschlimmert. Was, wenn sich der Cyborg eines Tages doch wieder an unser Gespräch erinnerte? Aus früheren Erfahrungen wusste ich, dass das bei einem so gewaltigen Filmriss sehr unwahrscheinlich und bei Maschine meines Wissens auch bisher niemals vorgekommen war, aber einer kleiner Rest von Zweifel genügte, dass ich in Zukunft jeder weiteren Begegnung mit dem Cyborg mit Furcht entgegensehen würde. Zugleich dämmerte es mir, dass es mir in diesem Leben wohl nicht mehr gelingen würde, die Bürde meiner Schuld gegenüber Henning zu verringern, was immer ich auch versuchen mochte.

Kapitel 12

In meiner Verzweiflung klammerte ich mich an den Versuch, so etwas wie Routine in mein elendes Dasein zu bringen. Ich hatte einen Auftrag zu erledigen und dem wollte ich nachkommen. Ich erinnerte mich an Astrid Schenks Bitte oder Aufforderung, mir noch einmal Ronnies persönliche Sachen anzuschauen.

Ich traf Lea in der WG an. Sie lächelte schwach zur Begrüßung und ging mit mir in Ronnies Zimmer. Meine Hoffnung, hier etwas zu finden, das die Kriminaltechniker übersehen haben könnten, war gering.

„Die Bullen haben Ronnies Laptop, seine externen Festplatten und alle anderen Datenträger mitgenommen", sagte Lea und bestätigte damit meine Befürchtung.

„Wieso das denn?", wundert ich mich. „Gingen die nicht von einem Unfall aus?"

„Eigentlich schon, aber es gab wohl auch so etwas wie einen geringen Anfangsverdacht in Richtung Fremdeinwirkung und dem wollten sie zunächst nachgehen."

Plötzlich schlug sie sich mit der Hand vor die Stirn.

„Was ist?", fragte ich.

„Ronnie hat mir letzte Woche einen USB-Stick geliehen, weil ich darauf Musik abspeichern wollte. Er hat sich furchtbar angestellt deswegen, weil auf dem Stick eine Datei war, die er unbedingt bräuchte. Irgendeine Hausarbeit oder sowas in der Art. Ich musste ihm hoch und heilig versprechen, mir schnellstens einen eigenen Stick zu besorgen und ihm das Teil so bald wie möglich wiederzugeben."

„Hast du das Ding noch? Wenn ja, dann sofort her damit!"

Lea ging in ihr Zimmer und kehrte kurz darauf zurück.

„Hier, sagte sie. Meinen Laptop habe ich gleich mitgebracht."

„Sehr gut", lobte ich. „Dann wollen wir mal sehen".

Das Betriebssystem fuhr hoch und Lea schob den Stick in den dafür vorgesehenen Anschluss.   Leider war die Datei mit einem Passwort gesichert.

„So ein Dreck!", schimpfte sie.

„Nicht weiter schlimm", beruhigte ich. „Passwörter sind dazu da, um geknackt zu werden."

„Sowas kannst du?", staunte Lea und sah mich mit großen Augen an.

„Kleinigkeit", behauptete ich großspurig und sonnte mich in diesem gestohlenen Glanz des Augenblicks. Natürlich würde mein Freund Maschine diesen Teil der Arbeit für mich erledigen müssen, aber das brauchte ich Lea ja nicht auf die Nase zu binden.

„Na dann mach schon", drängte sie. Worauf wartest du noch?"

„Dafür brauche ich natürlich die entsprechende Ausrüstung", gab ich zur Antwort. „Ich nehme den Stick am besten gleich mit."

Nun wirkte sie enttäuscht, aber das ließ sich nicht ändern. Mit dem vagen Versprechen, mich so schnell wie möglich wieder bei ihr zu melden, verließ ich die Wohnung und fuhr mit dem Stadtbus nach Biebrich.

Erst während der Fahrt kam ich auf den Gedanken, dass dies mein erstes Wiedersehen mit dem Cyborg war, nachdem ich ihm mein Versagen eingestanden hatte. Was, wenn er sich inzwischen an unser Gespräch erinnerte? Ich spürte einen Knoten in meinen Eingeweiden und bekam einen trockenen Mund. Was jetzt, Tim?, fragte ich mich. Sollte ich den Besuch bei Maschine aufschieben? Ihn erst einmal anrufen, um die Lage zu sondieren? Um mir darüber klar zu werden, stieg ich einige Stationen früher aus und spazierte durch den Schlosspark. Kurz vor dem Ausgang des Parks zum Rheinufer hin setzte ich mich auf eine Bank und überlegte, was zu tun war.

In Süddeutschland hatte es während der vergangenen Tage heftige Regenfälle gegeben. Inzwischen war das Wasser stromabwärts bis in unseren Breitengrad geflossen. Der Pegel des Rheins war angestiegen und der Fluss wirkte nicht mehr so ausgetrocknet wie noch vor wenigen Tagen. Größere Frachtschiffe konnten den Strom auch wieder befahren. Vor Kurzem war ihnen das noch nicht möglich gewesen, da die länger anhaltende Dürre die Wassertiefe zu sehr verringert hatte.

Nach einigen Minuten des Nachdenkens zückte ich mein Mobiltelefon. Besser, Maschine vorher anrufen als ihm unvorbereitet unter die Augen zu treten. Es war ohnehin sinnvoll, den Cyborg im Vorfeld eines Besuchs zu kontaktieren, da er möglicherweise wieder in ein emotionales schwarzes Loch gefallen war. Anzeichen, die auf einen neuen Schub hindeuteten, hatte es bei unserem letzten Zusammentreffen ja gegeben.

„Ja?", klang es vom anderen Ende der Verbindung. Zwei Buchstaben und ein Tonfall, der keinerlei Rückschlüsse auf Maschines Befinden zuließ.

„Tim hier", sagte ich. „Bin gerade in der Gegend und würde gerne bei dir vorbeischauen. Ich habe da ein kleines Computerproblem."

„Klar, Mann. Komm ruhig vorbei. Ich freue mich!" Er freute sich. Diese Aussage versetzte mir einen Stich. Wenn du wüsstest, mein Freund, dachte ich.

Keine fünf Minuten später saß ich in Maschines Computerzimmer und verfolgte, wie der Cyborg ein kleines Gerät an seinen Laptop anschloss.

„Ich lasse ein Programm durchlaufen, das die Verschlüsselung deiner Datei bald knacken dürfte", erklärte er. „Bis es soweit ist, können wir einen Kaffee trinken."

Ich hatte meine Tasse nicht einmal zur Hälfte ausgetrunken, als ein heller Ton verkündete, dass Maschines Programm einen Treffer gelandet hatte. Der Cyborg rollte zu seinem Computer und stieß ein zufriedenes Grunzen aus. „Sehr viel Mühe hat sich dieser Ronnie mit dem Passwort ja nicht gegeben. Na ja, immerhin besser als eins, zwei drei und vier, aber nicht so sehr viel. Hier ...", er reichte mir den Speicherstick.

„Ich habe dir eine unverschlüsselte Kopie der Datei auf den Datenträger kopiert und sie jetzt einfach mal nach dem Passwort für die geschützte Datei benannt. Du kannst den Dateinamen ja ändern, wenn dir das zu unsicher ist."

„Danke, Mann!", sagte ich und steckte den USB-Stick in die Hosentasche.

„Bist du nicht neugierig zu erfahren, um was es bei Ronnies Text geht?", wunderte sich der Cyborg.

„Kann es mir schon denken", erwiderte ich leichthin. „Irgendwas um die Enteignung jüdischer Mitbürger aufgrund der jüdischen Rassengesetze im Nationalsozialismus."

„Soweit ich das auf die Schnelle der Überschrift und einigen Textstellen entnehmen konnte, stimmt das nur zum Teil", gab Maschine zur Antwort. „Zwar geht es um Nationalsozialismus und Juden, aber in Zusammenhang mit Massenhinrichtungen."

„Was sagst du da?"

„Ich habe den Text wie gesagt nur überflogen. Willst du selbst reinschauen?"

„Das kann ich auch bei mir zuhause machen", wehrte ich ab. „Ich muss mich gleich auf den Weg machen und Astrid Schenk von Ronnies Hausarbeit erzählen."

„Der Zeitungsfrau?", Maschine grinste. „Seid ihr zwei das neue Ermittler-Dream-Team, jetzt wo unser Franzose von seinen Vorgesetzten aufs Abstellgleis geschoben wurde?"

„Ach, halt doch dein blödes Maul!", erwiderte ich schärfer als beabsichtigt. „Entschuldige, bitte!", schob ich gleich hinterher. „Die Schenk nervt mich, und dass ich auf sie angewiesen bin, geht mir echt auf den Sack."

Maschine stieß einen Grunzlaut aus und schien sich mit meiner Erklärung zufriedenzugeben. In Wahrheit war meine Entschuldigung eine billige Ausrede. Seine Bemerkung über Le Meur hatte mich arg getroffen. Ich empfand sie als Vorwurf, unseren Freund im Stich gelassen zu habe. Das wiederum erinnerte mich an mein Versagen, dem der Cyborg seinen heutigen Gesundheitszustand verdankte.

„Könnt es passieren, dass man dir im Zusammenhang mit den Ermittlungen gegen Jelzin auf die Schliche kommt?", fragte ich, um die bleierne Stille, die sich zwischen uns ausbreiten wollte, zu vertreiben.

„Du meinst, weil ich von einigen Institutionen Gelder auf meine Konten umleite? Nein, ich glaube nicht, dass da eine Gefahr besteht, aber sicher ist sicher. Vielleicht sollte ich die Zahlungen langsam auslaufen lassen. Im Grunde habe ich längst ausgesorgt."

Ich dachte an meinen Kontostand, der sich wieder in den Miesen befand und übte mich in Fatalismus. Offensichtlich war es mir nicht beschieden, ein Leben ohne finanzielle Sorgen zu führen. Mit Maschine tauschen, wollte ich dennoch für kein Geld der Welt.

„Ich geh dann mal. Grüß mir Auguste, falls du ihn siehst. Vielleicht können wir uns diese Woche noch zusammensetzen, um eine Lösung für sein Problem zu finden."

„Wäre nicht verkehrt", erwiderte Maschine ohne großen Enthusiasmus. Ich spürte, dass er meinem Vorschlag keinen großen Ernst beimaß, was mir einen weiteren Stich versetzte. Ich tröstete mich mit dem Gedanken daran, dass der Cyborg zumindest heute nicht wieder von seiner Depression heimgesucht worden war.

Kapitel 13

Auf dem Weg zurück in die Wiesbadener Innenstadt überlegte ich, was als nächstes zu tun war. Sollte sich der Inhalt von Ronnies Speicherstick tatsächlich um Massenhinrichtungen während der Zeit des Nationalsozialismus drehen, so warf dies ein neues Licht auf den Fall. Ich würde Astrid Schenk schnellstmöglich über diese Entwicklung informieren müssen. Darüber hinaus musste ich es schaffen, den alten Brodamm für ein Interview zu gewinnen, in dessen Verlauf ich ihn mit den Vorwürfen konfrontieren konnte. Wie ich das anstellen sollte, war mir derzeit noch ein Rätsel, denn an Winterstein und der Schellenberg würde ich nicht ohne weiteres vorbeikommen. Vielleicht war es besser, zuvor das Firmenarchiv Brodamms aufzusuchen. Schließlich hatte ich Jonas Balser versprochen, mich noch einmal bei ihm einzufinden.

Lautes Magenknurren und ein Blick auf die Uhr führten zu einer Änderung meiner Pläne. Ich hatte seit dem Frühstück nichts mehr gegessen und bekam plötzlich einen Mordshunger. Daher steuerte ich das Restaurant der Watzl-Zwillinge an.

Der Laden war gut besucht und alle Tische besetzt, obwohl sich die Mittagszeit ihrem Ende zuneigte.

„Wird sicher gleich was frei", meinte Bodo. „Setz dich solange an den Tresen. Was möchtest du denn haben?"
„Die Karoffelwedges mit dreierlei Dip sehen gut aus. Und ein großes Mineralwasser, bitte. Ich habe einen Riesendurst."
„Gute Wahl", lobte Winnie, der gerade vorbeikam. „Der Kräuter- und auch der Avocadodip sind hervorragend, aber sei vorsichtig mit dem Tomatendip. Unser Freund Rabenacker hat es da mit der Schärfe etwas übertrieben, fürchte ich."
„Na bitte, da ist gerade ein Vierertisch frei geworden", bemerkte Bodo. „Setz dich schon mal rüber. Und das Essen geht natürlich aufs Haus", wehrte er ab, als ich mein Portemonnaie zückte.
„Wieder mal klamm, Herr Strecker?", vernahm ich plötzlich die Stimme Astrid Schenks.
„Ein jeder Tag hat seine eigene Plag", brummte ich und verwünschte den Umstand, dass die Journalistin ausgerechnet jetzt auftauchen musste, um mich beim Essen zu stören.
„Schön, dass ich sie gerade treffe. Mmmh, das sieht ja lecker aus", meinte sie, als Winnie mir mein Essen brachte. „Darf ich mal kosten?" Ohne eine Antwort abzuwarten, schnappte sie sich einen Kartoffelkeil und tunkte ihn in die rote Tabascosauce.
„Nehmen Sie ruhig ordentlich", bemerkte ich böse. „Sonst haben Sie ja nichts davon!"
Das ließ sich die Schenk nicht zweimal sagen und zog das Kartoffelstück tief durch den Dip. Sie stopfte sich das frittierte Teil in den Mund und schloss genussvoll die Augen. Nur eine Sekunde später waren diese Augen weit aufgerissen und tränten, was das Zeug hielt. Mir gefiel diese Vorstellung außerordentlich gut, woraus ich keinen Hehl machte. Auch meine Augen tränten, allerdings vor Lachen.
„Infantil wie immer, Strecker!", ätzte die Schenk und funkelte mich böse an. „Ihr Leben muss echt erbärmlich sein, wenn sie an derartigen Späßen Vergnügen finden."
Sie schnappte sich mein Wasser und trank es in einem Zug leer.

„Selbst schuld, wenn Sie so gierig sind", gab ich zurück. Ihre Bemerkung hatte mich getroffen, aber das wollte ich mir nicht anmerken lassen. „Na schön, eins zu null für Sie. Kommen wir zum Ernst der Sache. Haben Sie neue Erkenntnisse, was die Morde an Ronnie und Leon betrifft?"

„Sie zuerst", forderte ich. „Haben Sie bei Ihrem Chef Hinweise gefunden, die darauf hindeuten, dass er wegen Ihrer Recherchen über Brodamm Bau unter Druck gesetzt wurde?"

„Leider nicht. Wäre ja auch zu schön gewesen. Ich hoffe, Sie waren erfolgreicher."

„Das war ich tatsächlich. Gut möglich, dass die Unterlagen, die ich auftreiben konnte, uns in dem Fall entscheidend voranbringen werden."

„Neue Erkenntnisse?", hörte ich eine vertraute Stimme mit französischem Akzent. „Ermittelst du weiter im Fall der toten Studenten, Tim?"

„Einen schönen guten Tag, Herr Kommissar", begrüßte ihn die Schenk. „Setzen Sie sich doch zu uns, dann können wir unser Wissen teilen und gegenseitig davon profitieren."

Auguste verzog das Gesicht, folgte jedoch Astrid Schenks Aufforderung und nahm an unserem Tisch Platz. Er bestellte eine Bratwurst mit Pommes, während sie eine Pizza Margherita mit extra Schafskäse und Pepperoni orderte. Eine mutige Entscheidung, wie ich angesichts ihrer Erfahrung mit der Tabasco-Sauce fand. Die Journalistin wollte mir wohl nichts schuldig bleiben und ließ mir ein neues Mineralwasser zukommen, was ich ihr durchaus anrechnete.

Nachdem Bodo Watzl die Bestellung aufgenommen hatte, setzten wir unsere Unterhaltung fort.

„Außenstehende dürfen nicht über laufende polizeiliche Ermittlungen informiert werden", bemerkte Le Meur.

„Aber wenn wir Informationen zu bieten hätten, könnten wir Ihnen die doch jetzt übergeben."

„Mal langsam", fuhr ich der Schenk in die Parade. Ich ärgerte mich darüber, dass sie über mein Beweismaterial verfügen wollte, ohne sich mit mir abgesprochen zu haben.

„Erstens habe ich die Datei selbst noch nicht ausgewertet und zweitens ist mein Freund hier die falsche Adresse."

„Wieso das denn?", wunderte sie sich und wandte sich an Auguste.

„Sie arbeiten doch bei der Mordkommission, oder etwa nicht?"

„Es ist kompliziert", bemerkte ich.

„Ich wittere eine Story, raus damit!"

„Vielen Dank auch, Tim", meinte Jelzin und bedachte mich mit einem Blick, der mir durch und durch ging.

„Tut mir echt leid. Entschuldige bitte."

Das Essen der beiden wurde serviert, was den peinlichen Moment überbrückte. Nach dem Genuss seiner Bratwurst zeigte sich Auguste milder gestimmt und auch die Schenk wirkte sichtlich entspannter.

„Dürfte ich nun erfahren, um was es geht?"

„Es ist wie gesagt kompliziert. Ich bin dafür, der Reihe nach vorzugehen. Widmen wir uns erst einmal Ronnies USB-Stick und besprechen das weitere Vorgehen. Wenn wir uns darüber einig sind, erzählen wir Ihnen von der anderen Sache. Einverstanden, Auguste?"

Der Franzose nickte.

„Na schön, ich höre!"

„Ronnies Mitbewohnerin hatte sich von ihm einen USB-Stick geliehen", sagte ich. „Darauf befindet sich eine Hausarbeit, die sich mit Massenhinrichtungen im Nationalsozialismus beschäftigt. Ich habe den Text wie gesagt nur zu einem kleinen Teil gelesen, aber möglicherweise besteht eine Verbindung zur Familie Brodamm."

„Das könnte das Motiv für den Mord an Ronnie sein", meinte die Schenk. „Aber wie passt die Ermordung Leons da hinein?"

„Wer sagt, dass da ein Zusammenhang besteht?", stellte Auguste eine Gegenfrage.

„Bislang steht nicht einmal fest, dass Ronnie ermordet wurde, wenngleich sich die Hinweise darauf inzwischen verdichten. Unter seinen Fingernägeln wurden Faserreste eines

Kleidungsstoffes gefunden. Das könnte darauf hindeuten, dass er sich irgendwo festhalten wollte, um seinen Sturz zu verhindern. Möglicherweise war eine zweite Person anwesend, als Ronnie in die Tiefe stürzte."

„Vermutlich sein Mörder", kombinierte ich messerscharf. „Fahren wir zu mir und sehen uns die Datei auf dem Stick, den Lea mir gegeben hat, auf meinem Computer an. Bei wem darf ich mitfahren?"

Natürlich waren beide bereit, mich in ihrem Wagen mitzunehmen. Ich entschied mich dafür, bei der Journalistin einzusteigen, da ich um Le Meurs halsbrecherischen Fahrstil wusste. Er liebte es, die Grenzen seines roten Alfa Romeos auszutesten.

Nach nicht einmal einhundert Metern wusste ich, dass ich vom Regen in die Traufe geraten war. Astrid Schenk bretterte in ihrem Opel Adam los, als wollte sie mit Auguste in einen Wettstreit um den Großen Preis von Wiesbaden treten. Anders als der Franzose, der gewohnheitsmäßig über den Kaiser-Friedrich-Ring fuhr, näherte sich die Journalistin meiner Behausung von der Klarenthaler Straße her. Knapp vor Auguste bog die Schenk in die Drudenstraße und widerlegte alle Vorurteile über des Einparkens unkundige Frauen, indem sie ihren Opel in eine handtuchschmale Parklücke quetschte.

Jelzin hatte bei seiner Parkplatzsuche weniger Glück. Er fand auch in der angrenzenden Emser Straße keinen Stellplatz und musste in die Riederbergstraße ausweichen, die einige Gehminuten von meiner Wohnung entfernt lag.

Da während meiner Abwesenheit niemand aufgeräumt hatte, präsentierte sich meine Wohnung entsprechend unordentlich. Diesen Umstand hatte ich außer Acht gelassen, als ich die beiden zu mir einlud.

„Setzen wir uns an den Küchentisch", sagte ich, nachdem mir ein Blick ins Wohnzimmer verraten hatte, dass dort alle Sitzplätze mit Klamotten, Zeitschriften und anderem Zeug belegt waren.

In der Küche stand noch das Geschirr der vergangenen drei Tage herum. Ich räumte es schnell in eine Plastikwanne, die ich anschließend unter der Spüle verstaute. Meine Gäste zeigten sich taktvoll und überspielten die peinliche Situation, indem sie ihre Blicke über den oberen Teil der Wände wandern ließen, wo sich Spinnfäden verfangen hatten. Ich holte meinen Laptop, schaltete ihn ein und schob den Datenträger in die passende Buchse. Anschließend startete ich das Schreibprogramm und öffnete Ronnies Hausarbeit. Sie umfasste knapp vierzig Seiten und gab uns genug Lesestoff für die kommende Stunde.

„Die Aneignung jüdischen Eigentums aufgrund der Nürnberger Rassengesetze ist nicht das eigentliche Thema", stellte ich fest.

„Die Beschäftigung von Zwangsarbeitern auch nicht, wenn ich das richtig verstanden habe", ergänzte Jelzin.

„Beides Dinge, die ein Konzern heutzutage einigermaßen bequem mit der Zahlung einer Entschädigungssumme aus der Welt schaffen könnte", meldete sich Astrid Schenk zu Wort. „Aber das hier ist eine ganz andere Geschichte."

„Habe ich das richtig verstanden, dass es hier um Massenerschießungen geht, an denen Brodamms Vater beteiligt war?" Auguste sah mich fragend an.

„Genau darum geht es. Der alte Brodamm, eigentlich ist der junge inzwischen auch alt geworden, aber wir reden hier tatsächlich vom Senior, also Hermann Brodamm, war laut Ronnies Recherchen Mitglied des Hamburger Polizeibataillons 101. Dabei handelte es sich um eine paramilitärische Einheit, die gezielt für Massenhinrichtungen von Juden sowie Sinti und Roma eingesetzt wurde. Offenbar hat sich Hermann Brodamm in den Augen seiner Vorgesetzten derart bewährt, dass sie ihn reichlich belohnten. Das taten sie, indem sie ihm beschlagnahmtes Vermögen und sonstiges Eigentum jüdischer Mitbürger, die Nazi-Deutschland verlassen wollten, zukommen ließen. Diesem Umstand verdankt die Familie Brodamm ihren heutigen Reichtum. Das Unternehmen, aus dem der heutige Konzern Brodamm Bau hervorging, gehörte ursprünglich einem Juden namens Aaron Rosenberg."

„Die Rolle dieser Polizeieinheiten bei den Ermordungen blieb lange im Dunkeln", erklärte die Schenk. „Ähnlich wie die Wehrmacht mussten sie sich über lange Zeit nicht ihrer Verantwortung hinsichtlich dieser Gräueltaten stellen. Bis es soweit war, wurden die Massaker vornehmlich der ihnen höher gestellten SS zugeschrieben. Ein Narrativ, mit dem die übrigen Deutschen sich bequem von ihrer Schuld reinwaschen konnten. Die Kriegsverbrechen waren in deren Bewusstsein demnach nur von Anhängern der SS begangen worden. Bei Polizei und Wehrmacht gab es dagegen die sogenannten *anständigen* Leute.

Nach Kriegsende wurden Mitglieder der Polizeibataillone weiter beschäftigt, als sei nichts gewesen. So unterrichtete ein ehemaliger Kompaniechef als Lehrer an der Polizeischule. Erst 1967 wurde vierzehn Tätern der Prozess gemacht. Schuldig hat sich keiner von ihnen bekannt. Über fünf Angeklagte verhängte das Gericht Freiheitsstrafen zwischen fünf und acht Jahre. Sechs weitere Täter befand das Gericht zwar für schuldig, sah aber von einer Bestrafung ab. In einem späteren Verfahren wurden die verhängten Zuchthausstrafen erheblich reduziert.[4]"

„Wer sich fragt, warum unsere Polizei auf dem rechten Auge häufig blind zu sein scheint, findet unter anderem hier die Antwort", bemerkte ich. „Die Mörder von damals konnten auch Jahre nach dem Krieg ihren Nachwuchs indoktrinieren, wie es ihnen in den Kram passte."

Die Schenk nickte. „Erst nachdem die Vergangenheitsbewältigung sich nicht mehr darauf beschränkte, die Gräueltaten der Nazis lediglich aufzuzählen, wurde in zunehmendem Maße hinterfragt, warum der Holocaust in Deutschland überhaupt geschehen konnte. Stichwort Goldhagendebatte."

---

4) Quelle: Olaf Wunder: Hamburger Polizei-Bataillon 101 NS-Diktatur: Das Fotoalbum der Massenmörder
Hamburger Morgenpost, Online-Ausgabe vom 06.02.2020

„Nach Daniel Goldhagen, der mit seinem Buch über Hitlers willige Vollstrecker eine neue Debatte darüber anstieß, was die Beteiligung der Deutschen am Holocaust angeht", ergänzte ich. „Das stieß hierzulande vielen, die so gerne einen Schlussstrich unter alle Bemühungen, die NS-Vergangenheit aufzuarbeiten, übel auf. Dabei hatte die Auseinandersetzung mit dieser Epoche noch gar nicht richtig stattgefunden."

„Da bin ich ganz bei Ihnen", sagte sie. „Die deutsche Ausgabe von Goldhagens Studie erschien 1996 und löste hierzulande einen Historikerstreit aus, der die Aufarbeitung der Nazi-Verbrechen zu neuem Leben erweckte. Erst sechs Jahrzehnte nach Kriegsende kam zum Beispiel ein Außenminister Deutschlands auf die Idee, die Rolle des Amtes, dem er vorstand, auf seine NS-Vergangenheit hin zu hinterfragen. Irgendwie bezeichnend, dass es der Vertreter einer Partei war, die zuvor keinen Minister in der Bundesrepublik Deutschland gestellt hatte. Die vom Grünen Joschka Fischer im Jahre 2005 in Auftrag gegebene Studie räumte mit der vom Auswärtigen Amt gepflegten Legende auf, dass es mit dem Holocaust nichts zu tun gehabt habe. Anstoß für die 2010 veröffentlichte Fischer-Studie war der Nachruf eines durch seine NS-Vergangenheit belasteten Diplomaten. Joschka Fischers Erlass, die Praxis solcher Nachrufe einzustellen, stieß in konservativen Krisen auf heftigen Widerstand und wurde von seinem Amtsnachfolger, Guido Westerwelle von der FDP, wieder rückgängig gemacht."

„Beenden wir diesen Ausflug in die Historie und fragen uns, was die Information, dass Brodamms Vater an Massenerschießungen beteiligt war, für unseren konkreten Fall bedeutet", holte uns Auguste in die Gegenwart zurück.

„Hier zeigt sich ein mögliches Tatmotiv. Ronnie Volz hat in seiner Arbeit nachgewiesen, dass Hermann Brodamm aufgrund seiner Loyalität zum NS-Regime von den Nazis mit der Übereignung jüdischen Vermögens belohnt wurde. Dieses Kapital bildete den Grundstock für das Unternehmen Brodamm Bau. Eine Tatsache, die der Öffentlichkeit nach Meinung des Mörders unbekannt bleiben soll."

Jelzin nickte anerkennend. „Völlig richtig, Herr Detektiv."

„Dann wissen wir jetzt, worauf wir unsere Ermittlungen konzentrieren müssen", schloss die Schenk ein Fazit.

„Die Frage lautet, wer ein besonders großes Interesse daran haben könnte, dass die unrühmliche Familiengeschichte der Brodamms nicht ans Licht kommt. Da denke ich zunächst einmal an den Sohn des Untäters. den jetzigen Unternehmenseigentümer Karl-Heinz Brodamm.

„Klingt logisch", stimmte ich ihr zu.

„Wie Leons Tod in diese Geschichte passt, wissen wir aber immer noch nicht", wies Auguste auf die Schwachstelle unseres Ermittlungsansatzes hin. „Hier müssen wir noch einmal ansetzen und die Verbindung herausfinden."

„Wir?", Astrid Schenk zeigte sich von Le Meurs Aussage sichtlich überrascht. „Seit wann legt die Kripo eine derartige Kooperationsbereitschaft an den Tag? Was mich übrigens zu dem anderen Thema bringt, das wir gemeinsam besprechen wollten. Sie erinnern sich an ihr Versprechen?"

Auguste und ich wechselten einen langen Blick. Sollten wir wirklich Farbe bekennen und die Frau von der Zeitung über seine Lage in Kenntnis setzen? Ihr davon erzählen, dass ein Franzose seit Jahren seinen Dienst bei der Wiesbadener Kriminalpolizei versah, obwohl er dazu überhaupt nicht befugt war? Nur aufgrund dessen, weil ihn ein Computerhacker mittels gefälschter Daten in den Apparat eingeschleust hatte? Sollten wir ihr wirklich erzählen, dass Kommissar Le Meur jetzt aufgeflogen war und sein Rausschmiss aus dem Polizeidienst unmittelbar bevorstand, von den bislang nicht absehbaren weiteren Konsequenzen ganz zu schweigen?

„Es ist wie gesagt kompliziert", brachte Jelzin schließlich heraus.

„Das habe ich bereits gehört und auch verstanden", gab sie ungerührt zurück. „Es ist an der Zeit, den nächsten Schritt zu machen, meine Herren!"

Aus der Nummer kamen wir nicht mehr heraus. Also spielten wir mit offenen Karten. Ich überließ Auguste das Reden, denn schließlich war es ja seine Geschichte. Der Franzose erzählte, wie er im Rahmen eines Austauschprojekts nach Deutschland gekommen war, seine Heimatdienststelle während dieser Zeit aufgelöst wurde und Maschine ihm ermöglichte, in Deutschland weiterhin Dienst zu tun.

Schenks Minenspiel zu beobachten, hätte mir einen Heidenspaß bereitet, wenn die Umstände nicht so gravierend gewesen wären. Anfangs beschränkte sich die Journalistin darauf, die Stirn zu runzeln und gelegentlich eine Augenbraue hochzuziehen. Mit zunehmender Dauer von Le Meurs Berichterstattung kam auch Schenks untere Gesichtspartie in Bewegung. Sie kräuselte die Oberlippe, verzog die Mundwinkel und formte die Lippen zu einem lautlosen O. Gesichtsakrobatik vom Feinsten.

Nachdem Auguste seinen Bericht beendet hatte, hielt es die Journalistin nicht länger auf ihrem Platz. Sie stand auf, lief einige Schritte in der Küche auf und ab und stellte sich hinter die Stuhllehne, die sie mit beiden Händen fest umklammerte.

„Das. Ist. Der. Absolute. Hammer!", brachte sie schließlich heraus und wandte sich an Le Meur. „Wenn mir jemand anderer als Sie diese Geschichte erzählt hätte, würde ich ihm auf den Kopf zusagen, dass er mich nach Strich und Faden verarschen will. Aber ich nehme an, das alles ist tatsächlich so passiert, wie Sie es mir gerade berichtet haben?"

Auguste nickte.

„Sie haben über Jahre hinweg ein Beamtengehalt kassiert?"

„Mais oui, Madame. Ich habe schließlich dafür gearbeitet und das keineswegs schlecht, wenn ich das in aller Bescheidenheit sagen darf. Meine Aufklärungsquote ist hervorragend. Erst vor wenigen Monaten habe ich deswegen eine Belobigung erhalten."

„Sie haben vor fünf Jahren einen Menschen erschossen!"

„Im Dienst, ja. Es war Notwehr."

„Und Nothilfe", ergänzte ich. „Auguste hat mir das Leben gerettet. Nicht nur mir, sondern auch Stefan Rabenacker und allen anderen, die damals im Restaurant gewesen sind. Sugar war ein skrupelloser Killer. Er hätte keine Sekunde gezögert, uns alle auszulöschen."

Die Schenk atmete tief durch. „Das muss ich jetzt erst einmal sacken lassen."

„Wieso bist du überhaupt aufgeflogen?", wollte ich wissen.

Le Meur verzog das Gesicht zu einem schiefen Lächeln. „Kleine Ursache, große Wirkung", begann er und verschränkte die Hände. „Es war die französische Schreibweise meines Vornamens, die mir das Genick brach. Das E am Ende von Auguste ist im Deutschen wohl der weiblichen Form vorbehalten. Offensichtlich gibt es in der Verwaltung seit neustem einen Mitarbeiter, der darüber nicht recht Bescheid wusste. Er wurde stutzig und stellte Nachforschungen über mich an. So kam eins zum anderen. Die französische Polizei bestätigte auf wiederholte Anfrage dieses Verwaltungsbeamten die Auflösung meiner ehemaligen Polizeidienststelle und erklärte, nichts über meinen Verbleib zu wissen. Der Verwaltungsmensch blieb hartnäckig und kam schließlich hinter mein Geheimnis."

„Also hat dieser Mann aus reiner Unkenntnis einen Stein ins Rollen gebracht, der den Irrtum deines Dienstherrn, dich als einen seiner legitimen Beamten zu beschäftigen, aufgeklärt und letztlich zu deiner Enttarnung geführt hat?"

„Genau so ist es."

„Klingt echt verrückt."

„Ja, das Leben nimmt manchmal seltsame Wege", sinnierte Jelzin. „Jahrelang ist für mich alles gut gelaufen und dann passiert sowas."

„Was wollen Sie jetzt tun?", wandte ich mich an die Journalistin. „Werden Sie die Geschichte veröffentlichen?"

„Ob ich ...?", die Schenk lachte auf. „Ja, was glauben Sie denn? Das ist schließlich mein Beruf und die Öffentlichkeit hat ein Recht darauf, über diesen Skandal informiert zu werden."

„Skandal, na ja", versuchte ich abzuwiegeln, aber da war ich bei ihr an der falschen Adresse.

„Ja was ist denn das sonst, Ihrer Meinung nach? Ein falscher Polizeibeamter, den ein Hacker bei der hiesigen Kripo eingeschleust hat. Als was würden Sie das bezeichnen?"

„Ich bin ein echter Kriminaler", protestierte Le Meur. „Vielleicht in Frankreich und das vor langer Zeit, aber ganz sicher nicht hier und nicht jetzt. Ein echter Krimineller trifft es von daher wohl eher."

„Geben Sie uns ein paar Tage Zeit", bat ich. „So lange, bis Augustes Vorgesetzte entschieden haben, was mit ihm geschehen soll. Dann haben Sie auch den Schluss der Geschichte."

„Und wenn mir jemand anderer die Story vor der Nase wegschnappt?"

„Nur unser Freund Maschine und wir drei hier wissen Bescheid. Und die Kripo wird sowieso den Deckel draufhalten."

„Das stimmt", pflichtete Jelzin mir bei. „Der Kollege, der die Sache aufgedeckt hat, wurde zu absolutem Stillschweigen verpflichtet. Er wird sich bestimmt daran halten, weil er einen Antrag auf Versetzung in eine andere Dienststelle gestellt hat, dessen Bewilligung er bestimmt nicht gefährden will."

Die Schenk ließ sich Zeit mit ihrer Antwort. Es war ihr deutlich anzusehen, wie sie mit sich rang.

„Na schön, weil Sie es sind", meinte sie schließlich, „aber dafür schulden Sie mir was. Sie beide!"

„Einverstanden", sagten Auguste und ich wie aus einem Mund.

Kapitel 14

Erst nachdem sich meine Gäste verabschiedet hatten, fiel mir ein, dass wir unser weiteres Vorgehen in den Mordfällen nicht mehr miteinander abgesprochen hatten. Zwar stimmten wir dahingehend überein, dass das mögliche Mordmotiv darin lag, die Veröffentlichung der unrühmlichen Familiengeschichte Brodamms zu verhindern. Zudem war uns klar, dass wir herausfinden mussten, wie der Mord an Leon in diesen Fall hinein passte. Doch welche konkreten Schritte ich dafür unternehmen sollte, wusste ich nach wie vor nicht.

Vor einigen Jahren wäre ich auf der Suche nach Inspiration zum Wiesbadener Hauptbahnhof gefahren und hätte mich in der dortigen Buchhandlung herumgetrieben, wo mein guter Bekannter Jürgen arbeitete. Aber Jürgen war vor zwei Jahren an einem Krebsleiden verstorben und die Buchhandlung hatte einem weiteren Fresstempel weichen müssen. Als gäbe es in der Bahnhofshalle nicht bereits genug von der Sorte.

Mit Jürgen, der nebenberuflich als Autor arbeitete, hatte auch die Reihe um einen verpeilten Privatermittler ihr Ende gefunden, was ich durchaus bedauerte. Irgendwie war mir der Protagonist ans Herz gewachsen. Vermutlich deswegen, weil wir einige Charaktereigenschaften gemein hatten.

Einer Entscheidung darüber, ob ich die Wohnung verlassen oder doch lieber zuhause bleiben sollte, wurde mir durch Sigrids Ankunft erspart. Ihr spontaner Besuch erstaunte mich ein wenig, denn sie ließ sich nur selten bei mir blicken. Wenn doch, kündigte sie sich in der Regel telefonisch an.

„Ich hatte gerade in der Stadt zu tun", begrüßte sie mich. „Dabei stellte ich fest, dass wir so etwas Ähnliches wie Arbeitskollegen sind."

„Tatsächlich? Wieso das denn?"

„Der Name Brodamm sagt dir etwas, oder?", fragte Sigrid, nachdem sie mir in die Küche gefolgt war, um dort Platz zu nehmen, wo vor kaum einer halben Stunde Auguste gesessen hatte.

„Ja doch. Was hast du denn mit ihm zu tun"?

„Ich wurde engagiert, um eine Biografie über den Firmenpatriarch, die ein gewisser Tim Strecker verfassen soll, mit Bildmaterial aufzuhübschen."

Mein Vorhaben, Jonas Balser und sein Archiv aufzusuchen, hatte ich völlig vergessen.

„Seit wann bist du unter die Autoren gegangen?"

„Seitdem ich dafür bezahlt werde", gab ich zurück.

„Dazu müsstest du allerdings eine entsprechende Leistung erbringen. Wie ich mitbekommen habe, hat sich der Firmenarchivar darüber mokiert, dass sich ein gewisser Tim Strecker entgegen seiner Aussage nicht mehr hat bei ihm blicken lassen."

„Könntest du bitte mit diesem *ein gewisser Tim Strecker* aufhören?"

„Wenn ich dafür einen Kaffee bekomme."

Ich setzte Wasser auf und stellte zwei Tassen auf den Küchentisch.

„Was für einen Eindruck hast du von Balser?", fragte sie.

„Kommt mir etwas seltsam vor. Ist halt ein Bücherwurm."

„Kurz bevor ich die Firma verlassen habe, bekam ich mit, wie er und diese Frau Schellenberg aneinandergeraten sind. Dabei fiel dein Name."

„Das klingt interessant. Worum ging es da?"

„Sie stritten darum, inwieweit Du Zugang zum Archivmaterial bekommen solltest. Als Balser erwähnte, dass er Dir auch Firmenunterlagen aus der Zeit des Nationalsozialismus zukommen lassen würde, wurde die Schellenberg richtig böse. Das habe in einer Jubiläumsschrift zu Ehren eines Unternehmens nichts zu suchen, meinte sie. Ihr Ton war ganz schön harsch. Richtig runtergemacht hat sie den armen Kerl."

„Wie hat Balser darauf reagiert?", fragte ich und schenkte den Kaffee ein.

„Trotzig, würde ich sagen. Wie ein aufmüpfiger Teenager. Er meinte, sie könne ihm gar nichts verbieten, und wen er mit seinem Archivmaterial wie versorge, sei allein seine Sache. Damit hat er auf dem Absatz kehrtgemacht und ist davon gestürmt. Die Schellenberg hat ihm noch etwas hinterher gerufen, von wegen sie wären mit dieser Unterhaltung noch nicht fertig, hat aber darauf keine Antwort mehr bekommen."

Ich konnte mir die Szene lebhaft vorstellen. Auf der einen Seite die durch zahlreiche Kunden- und Kollegenkontakte in Auseinandersetzungen erprobte Prokuristin, auf der anderen der menschenscheue Bücherwurm, der sich fernab jeder menschlichen Gesellschaft am wohlsten fühlte. Keine Frage, dass Jonas Balser es vorziehen würde, die nächsten Tage ausschließlich an seinem abseits der übrigen Firmenbüros gelegenen Arbeitsplatz zu verbringen, anstatt Nora Schellenberg noch einmal über den Weg zu laufen.

Sigrid sah auf ihre Armbanduhr. „Oh, schon so spät. Ich wollte noch einmal in meinem Fotostudio vorbeischauen, ehe ich nach Hause fahre und die Füße hochlege." Sie dankte für den Kaffee und verabschiedete sich. Ich blieb allein zurück und dachte darüber nach, wie ich in meinen Ermittlungen vorankommen konnte.

Mir war, als würde ich einen Haufen loser Fäden in Händen halten, die nicht zueinander passen wollten. Jeder Strang führte ins Nichts. Verhielt es sich tatsächlich so, dass die unrühmliche Firmengeschichte des Bau- und Immobilienkonzerns Brodamm dem Täter als Mordmotiv diente? Wenn ja, wie passte dann Leon Schwagers Tod da hinein? Hatten die beiden Fälle überhaupt miteinander zu tun oder handelte es sich hier um einen bloßen Zufall? Daran mochte ich allerdings nicht glauben. Fraglich war jedoch, ob es sich bei Ronnies Tod nicht doch um einen tragischen Unfall handelte. Ein schöner Detektiv bist du, dachte ich mir. Weißt nicht einmal, ob du in einem oder in zwei Mordfällen ermittelst.

Nun zog es mich doch nach draußen, denn ich hatte das dringende Bedürfnis, mir die Beine zu vertreten. Während eines Spaziergang gelang es mir immer am besten, meine Gedanken zu ordnen. Ich mied die meiner Wohnung näher gelegenen Albrecht-Dürer-Anlagen, da dieser Ort in mir schreckliche Erinnerungen heraufbeschwörte. Hier war Maschine zum Krüppel geschlagen worden, was ich möglicherweise hätte verhindern können, wenn ich damals nur nicht so verdammt feige gewesen wäre.

Im Nachhinein fragte ich mich, warum ich mir ausgerechnet eine Wohnung in dieser Gegend ausgesucht hatte. Vielleicht handelte es sich um einen unbewussten Akt der Selbstbestrafung.

Ich verscheuchte die trüben Gedanken und überquerte die Emser Straße, um anschließend die Treppen in Richtung Platter Straße hinaufzusteigen.

Die Sonne war bereits dabei unterzugehen, würde aber noch genügend Helligkeit für eine Stunde Tageslicht spenden.

Nachdem ich den Röderberg hinabgelaufen war, gelangte ich in die Taunusstraße mit ihren Antiquitätenläden und steuerte das dahinter liegende Nerotal an, wo sich die Talstation der Nerobergbahn mit dem Viadukt befand. Auf dem Weg dorthin passierte ich Villen, deren Fassaden mit Stuck verziert waren. In einer davon hatte ich vor Jahren Anne kennengelernt[5]. Sie war früher mit Rabenacker zusammen, doch zu der Zeit, wo ich ins Spiel kam, waren die beiden schon getrennt gewesen.

Aus Anne und mir hätte vielleicht was werden können, doch wir hatten es beide versäumt, aufeinander zuzugehen. Ich überlegte kurz, bei ihr vorbeizuschauen, verwarf diesen Gedanken aber und ging weiter. Schließlich erreichte ich den Stadtwald, dessen Bäume auf mich einen beruhigenden Einfluss ausübten. Die Blätter der Laubbäume zeigten bereits deutliche Färbungen. Nicht mehr lange und das jetzt noch vorherrschende Grün würde durch gelb und rot ersetzt werden. Noch etwas später und die Blätter würden von den Bäumen fallen. Die Dürresommer der vergangenen drei Jahre hatten dem Baumbestand arg zugesetzt. Dagegen nahm sich das Waldsterben der Neunzehnhundertachtzigerjahre vergleichsweise harmlos aus.

Während ich so dahin lief, gelang es mir, meine Gedanken zu ordnen und den Todesfall Ronnie Volz wieder rational anzugehen. Wenn es eine Verbindung zu Leons Ermordung gab, so war die vermutlich eher im Umfeld seiner ehemaligen WG zu suchen. Schwer vorstellbar, dass die ständig wechselnden Liebschaften keine verletzten Gefühle hinterlassen hatten.

---

5) Siehe Band 2 dieser Trilogie: VermisstenFall

Immerhin war Leon selbst gegenüber Fabio gewalttätig geworden, weil der was mit seiner Freundin Marie angefangen hatte. Nicht zu vergessen, dass die WG-Leute mir Geld dafür angeboten hatten, dass ich Leon verprügelte. *Wir haben alle drei Angst vor ihm*, waren Leas Worte gewesen. Sie, Fabio und auch Marie hatten demnach ein Motiv, Leon umzubringen. Leider ergab Ronnies Tod in diesem Zusammenhang immer noch keinen Sinn. Warum hätte Lea mich engagieren sollen, wenn sie selbst das Ableben ihres Mitbewohners zu verantworten hatte?

Während ich einen Rundwanderweg entlang lief, der wieder zum Nerotal führte, prüfte ich meinen zweiten Ermittlungsansatz. Sollte das Tatmotiv mit der schändlichen Unternehmensgeschichte von Brodamm Bau in Verbindung stehen, würde sich der Kreis der Verdächtigen auf Firmenangehörige beschränken. Hier kamen in erster Linie Winterstein und die Prokuristin Frau Schellenberg infrage. Der alte Brodamm dürfte aufgrund seines hohen Alters wohl kaum in der Lage gewesen sein, die Morde zu begehen. Allerdings könnte er jemand anderen gedungen haben. Finanzielle Mittel dafür standen ihm reichlich zur Verfügung. Jonas Balser, der Archivar, kam wiederum weniger in Betracht, da er mich überhaupt erst auf die Spur mit der Nazivergangenheit von Brodamms Vater gebracht hatte. Diese Spur ergab aber nur dann Sinn, wenn sich auch Leon mit der Geschichte des Konzerns beschäftigt hatte.

Als ich das Nerotal wieder erreichte, hatte ich über meinen nächsten Schritt Klarheit gewonnen. Leon war das entscheidende Bindeglied in diesem Fall, daran war nicht zu rütteln. Die Möglichkeit, dass Schwagers Ermordung und Ronnies Tod zeitlich rein zufällig so nah beieinanderlagen und nichts miteinander zu tun hatten, wollte ich zumindest vorerst nicht weiter in Betracht ziehen. Es widerstrebte mir, an einen derart unwahrscheinlichen Zufall zu glauben. Auguste und Astrid Schenk schienen diese Meinung zu teilen, denn auch sie gingen von einem Zusammenhang der beiden Todesfälle aus. Sollte es jedoch keine Verbindung zwischen Leon und Brodamm Bau geben, lag das Tatmotiv aller Voraussicht nach entweder bei seinem Mitbewohner Fabio oder bei Marie, die jetzt bei einer Freundin wohnte. Lea konnte ich wohl getrost außen vor lassen, da sie mich engagiert und überhaupt erst den Anstoß zu meinen Ermittlungen gegeben hatte. Von Marie wusste ich bislang kaum etwas. Ich nahm mir vor, sie demnächst aufzusuchen. Dazu benötigte ich ihre neue Anschrift, die mir hoffentlich Lea geben konnte. Zuvor tat ich sicher gut daran, mich bei Jonas Balser blicken zu lassen, wenn ich meinen Job als Ghostwriter behalten wollte. Mit Einbruch der Dunkelheit kam ich wieder bei mir zuhause an. Vor mir lag ein langer Abend mit der Aussicht auf Schuldgefühle wegen Maschine und andere deprimierende Gedanken, die sich um Jelzins drohendem Ausscheiden aus dem Polizeidienst drehten.

Um mich abzulenken, begann ich ein Exposé für die Biografie über Karl-Heinz Brodamm zu verfassen. Nachdem ich einige Absätze geschrieben hatte, machte ich mir ein paar belegte Brote und begutachtete mein Werk. Das Ergebnis war einigermaßen zufriedenstellend. Immerhin konnte ich jetzt Jonas Balser und Geschäftsführer Winterstein auf Verlangen einen Tätigkeitsnachweis vorlegen. Die Gewissheit darüber, womit ich die kommenden Tage zu verbringen hatte, um in meinen Ermittlungen voranzukommen, gab mir ein gutes Gefühl.

Mit dem Vorsatz, am Vormittag zunächst Ronnies Wohngemeinschaft und anschließend das Kolleg aufzusuchen, ehe ich nachmittags Jonas Balser in seinem Archiv treffen würde, legte ich mich ins Bett.

101

Kapitel 15

Kurz nach zehn Uhr am Morgen fand ich mich bei Lea ein. Marie hatte bei ihr übernachtet. Der Umgang der beiden ließ darauf schließen, dass ihre Leidenschaft füreinander erneut entflammt war.

„Du warst mal mit Leon zusammen?", fragte ich Marie.

„Früher, ja. Ist schon eine Weile her."

„Hast du mit ihm Schluss gemacht?"

„Ja, aber er wollte das nicht akzeptieren." Sie nippte an ihrem Kaffee, den Lea inzwischen aufgebrüht hatte. „Warum willst du das wissen?"

„Ich versuche mir nur ein Bild zu machen. Weißt du zufällig, ob Leon eine Hausarbeit über den Nationalsozialismus geschrieben hat?"

„Der? Nö. Dazu war er viel zu faul. Aber warte mal ..." Sie rührte mit einem Löffel in ihrem Kaffee herum. „... Einmal habe ich mitbekommen, wie er und Ronnie sich wegen einer solchen Hausarbeit gestritten haben."

„Worum ging es da konkret?"

„Soweit ich das mitbekommen habe, hat Leon sich eine Kopie von der Arbeit gezogen. Er wüsste schon, was er damit anfangen würde, hat er gemeint. Dem Scheißkonzern sollte das ein paar Tausender wert sein, wenn die Geschichte zum Firmenjubiläum nicht ans Licht käme."

Bingo, dachte ich. Da hätten wir das Bindeglied zwischen Ronnies und Leons Tod. Ich bedankte mich bei Marie und machte mich auf den Weg zum Archiv von Brodamm Bau. Den Besuch im Wohnheim des Kollegs konnte ich mir aufgrund der Information, die Marie mir gegeben hatte, sparen. Die Chancen dafür, dass ich von Leons Mitstudierenden oder seinen Lehrern Auskünfte über seine Hausarbeiten erhalten würde, waren ohnehin sehr gering gewesen.

„Da sind Sie ja." Der Vorwurf in Balsers Stimme war nicht zu überhören.

„Ich bin etwas spät dran", räumte ich ein, „aber ich habe ein Konzept für die Biografie Ihres Chefs ausgearbeitet. Wollen Sie sich das einmal ansehen?"

„Nicht jetzt", flüsterte er. „Bin gerade im Stress."

Ich verbiss mir die Frage, wann er mal nicht unter Druck stehen würde und blieb einfach vor ihm stehen. Nach einigen Sekunden wurde ihm bewusst, dass er mich noch nicht losgeworden war.

„Was ist denn noch? Sie sehen doch, dass ich zu tun habe!"

„Tut mir leid, dass ich störe", sagte ich und wunderte mich, wie glatt mir diese Lüge über die Lippen kam, „aber Sie haben bei meinem ersten Besuch auf einen dunklen Fleck in der Unternehmensgeschichte von Brodamm Bau hingewiesen, über den ich von Ihnen gerne mehr erfahren möchte."

Balser seufzte, nahm seine Brille ab und putzte die Gläser an seinem grauen Kittel, den er als Schutz für seine Alltagskleidung trug. Wie er so dastand, erinnerte mich der Archivar entfernt an K. Buff, den Hausmeister des Privatkollegs.

„Ich kann Ihnen wie gesagt nur bei der Quellensuche zur Hand gehen", sagte er langsam.

„Das habe ich schon verstanden", gab ich zurück. „Allerdings frage ich mich, inwieweit Herr Winterstein und Herr Brodamm mit der Themenauswahl einverstanden sein werden."

Nach einer Pause fügte ich hinzu: „Ganz abgesehen von Frau Schellenberg."

Das Aufblitzen seiner Augen verriet mir, dass ich einen Nerv getroffen hatte. Was mich überraschte, war der Umstand, dass Balser nicht mit einer scharfen Antwort reagierte, sondern lediglich die Lippen zusammenpresste und mir einen bösen Blick zuwarf. Ich hätte wenigstens eine Zurechtweisung wie: *Das geht Sie nichts an*, oder etwas in der Art erwartet. Stattdessen schien er mir meine Bemerkung durchgehen zu lassen oder wusste auf die Schnelle keine Antwort darauf. Das ermutigte mich dazu, vor ihm stehenzubleiben und ihn spüren zu lassen, dass ich auf eine Erklärung von ihm wartete. Kleine Schweißperlen auf seiner Oberlippe verrieten, dass der Archivar gehörig unter Druck stand. „Wie kommen Sie jetzt auf Frau Schellenberg?", brachte er schließlich heraus. „Haben Sie mit ihr etwa über unsere Arbeit gesprochen? Das wäre mir überhaupt nicht recht!" Leider wurde unser Gespräch durch das Eintreffen des Geschäftsführers Winterstein unterbrochen.

„Ah, da sind Sie ja!", begrüßte er mich auf joviale Art und schüttelte mir kurz die Hand, ohne mich dabei anzusehen. „Kommen Sie gut voran?", fragte er, um sich gleich selbst die Antwort darauf zu geben. „Ich schätze doch, denn immerhin haben Sie ja mit unserem Spitzenarchivar den besten Experten an Ihrer Seite."

Die Ironie, mit der Winterstein das Wort *Spitzenarchivar* aussprach, war nicht zu überhören.

„Allerdings", fügte der Geschäftsführer hinzu, „neigen Archivare dazu, sich ausschließlich auf die Vergangenheit zu konzentrieren. Das liegt wohl in der Natur ihres Berufs. Also kein Vorwurf, Jonas. Was wir uns jedoch für unser Buchprojekt wünschen, Herr Strecker, ist eine moderne und der heutigen Realität entsprechende Präsentation unseres Unternehmens mit Schwerpunkt auf die aktuellen Erfolge. Sie verstehen?"

Na und ob ich verstand, aber so ganz unwidersprochen wollte ich Wintersteins Wink mit dem Zaunpfahl nicht stehen lassen.

„Denken Sie nicht auch, dass eine allzu positive Darstellung der Firmengeschichte auf Skepsis stoßen könnte?", wagte ich zu widersprechen. „Das Porträt über Brodamm Bau würde meiner Meinung nach glaubwürdiger ausfallen, wenn es einige Ecken und Kanten aufzuweisen hätte."

Winterstein fixierte mich mit einem harten Blick, während Balser tief Luft holte und willkürlich einige Umschläge auf seinem Schreibtisch hin und her bewegte.

„Vielleicht erinnern Sie sich an die Ihnen zugedachte Rolle und daran, was Ihre eigentliche Aufgabe ist und wer Sie bezahlt", versetzte der Geschäftsführer und fügte hinzu: „Oder haben Sie ein Problem damit?"

Er erwartete wohl, dass ich klein beigab, aber wie es schien, hatte ich heute Morgen einen Rebellen gefrühstückt. „Wie sieht denn Herrn Brodamms Meinung in dieser Frage aus?", unternahm ich einen weiteren Vorstoß. „Immerhin geht es ja um sein Lebenswerk. Und da wir gerade dabei sind, wann werde ich ihn denn endlich interviewen können?"

Aus dem Augenwinkel konnte ich sehen, wie sehr Jonas Balser meinen Auftritt genoss. Ein Lächeln umspielte seinen Mund und verriet die Schadenfreude des Archivars. Wintersteins Mund hingegen drückte das aus, was allgemein unter dem Begriff Schnappatmung verstanden wird.

„Ein Termin bei Herrn Brodamm kommt zum jetzigen Zeitpunkt für Sie auf keinen Fall infrage", belehrte mich der Geschäftsführer. „Zumindest so lange nicht, wie Sie kein vernünftiges Konzept Ihrer Arbeit vorlegen können."

„Aber das habe ich doch", sagte ich und wedelte ihm mit meinem Exposé vor der Nase herum.

Balser schien überhaupt nicht mehr an sich halten zu können und tauchte unter seinem Schreibtisch ab. Winterstein riss mir die Blätter aus der Hand und studierte deren Inhalt mit zusammengezogenen Augenbrauen. Dann drückte er sie mir gegen die Brust.

„Das ist nichts", meinte er. „Was haben Sie sich denn dabei gedacht?", er riss mir eine Seite wieder aus der Hand, faltete das inzwischen arg in Mitleidenschaft gezogene Blatt auseinander und deutete auf eine Zeile. „Und hier, da gehört ein Komma hin. Das sollten Sie als Autor doch wissen!"

„Wäre mir vor Abgabe der Endfassung sicher noch aufgefallen", gab ich ungerührt zurück. im Geiste gratulierte ich mir zu meiner Schlagfertigkeit, die mir bei anderen Auseinandersetzungen dieser Art leider fehlte. Doch jetzt kamen mir die passenden Worte wie von selbst über die Lippen, was außer mir auch Jonas Balser diebisch freute.

Winterstein schien es zu dämmern, dass er hier keinen Blumentopf gewinnen konnte. Er warf das zerknüllte Papier auf Balsers Schreibtisch und sagte: „Wirklich, ich bin sehr enttäuscht von Ihnen, auch menschlich!" Meine Reaktion darauf beschränkte sich auf ein unwillkürliches Augenverdrehen, das Winterstein nicht entging. Er holte tief Luft und ich dachte schon, dass er einen weiteren Versuch unternehmen würde, mich in die Enge zu treiben. Doch dann fiel sein Blick auf den überfüllten Schreibtisch und den Archivar, der mittlerweile dahinter Platz genommen hatte. „Was ist das denn hier für ein Saustall?", schrie er Balser an. „Sieht das bei Ihnen zuhause genauso aus? Schaffen Sie gefälligst Ordnung oder fühlen Sie sich in diesem Dreck etwa wohl?"

Nun war es Jonas Balser, der nach Luft schnappte, ohne einen Ton herauszubringen. Dem armen Kerl stieg das Blut in den Kopf und ließ seine Wangen rot leuchten. Mit zusammengebissenen Zähnen und gesenktem Haupt schob der Gescholtene einige Papierstapel von links nach rechts, ohne dadurch auf seinem Schreibtisch mehr Platz zu schaffen. Als Winterstein ihm den Rücken zudrehte und mit großen Schritten davon eilte, schickte ihm Balser einen hasserfüllten Blick hinterher.

Was für eine arme Wurst, dachte ich. Damit meinte ich keineswegs den durchaus bedauernswerten Jonas Balser, sondern Winterstein, der in meinen Augen eine toxische Persönlichkeit war. Typen wie er suchten die Schuld grundsätzlich nicht bei sich und erfuhren nur dann eine Selbstaufwertung, wenn sie andere niedermachen und im Vergleich zu sich selbst schlecht aussehen lassen konnten. Ich hatte von Studien gelesen, die über erstaunliche Parallelen von erfolgreichen Managern und Psychopathen berichteten. Winterstein passte genau in dieses Muster. Als Geschäftsführer verfügte er über eine Machtposition, die er gegenüber Untergebenen wie Jonas Balser skrupellos ausnutzte. Im Grunde war Winterstein ein zutiefst unsicherer Mensch, der seinen Mangel an natürlicher Autorität mit autoritärem Auftreten zu kaschieren versuchte. Vom Charakter her war ihm ein Mord oder Doppelmord durchaus zuzutrauen. Ein Motiv hatte er auch, denn in seiner Position lag ihm der makellose Ruf von Brodamm Bau gewiss am Herzen. Das traf vermutlich auch auf Frau Schellenberg zu, die für das Unternehmen als Prokuristin tätig war.

Doch wie sah es bei Jonas Balser aus? Der schien dem Ansehen seines Arbeitgebers gerne schaden zu wollen. Dieser Mann war voller Rachsucht, was ich durchaus nachvollziehen konnte. Immer derjenige zu sein, der den Kürzeren zog und von Vorgesetzten nach Belieben heruntergeputzt wurde; das konnte in einem Menschen lange anhaltenden Groll hervorrufen. Balser entsprach dem Typ, der keine Demütigung je vergaß und nur auf eine Gelegenheit wartete, sich zu revanchieren. Wenn es soweit war, würde er aus dem Hinterhalt agieren, ohne sich selbst zu gefährden.

Eine weitere Figur, die zum Kreis der Verdächtigen zählte, war Karl-Heinz Brodamm. Gut, der Mann ging auf die neunzig zu, aber vielleicht war er doch rüstig genug, um einen tückischen Stoß oder Schlag auszuführen. Warum wurde der Senior des Unternehmens derart abgeschirmt, dass ich ihn bis jetzt nicht zu Gesicht bekommen hatte? Dieser Umstand erschien mir höchst verdächtig. Mittlerweile zog ich sogar die Möglichkeit in Betracht, dass Brodamm selbst schon seit einiger Zeit nicht mehr unter den Lebenden weilte und die leitenden Führungskräfte des Konzerns der Außenwelt die fortdauernde Existenz des Alten lediglich vorgaukelten. Der Vergleich zu Diktaturen, in denen diese Praxis üblich war, drängte sich mir in diesem Zusammenhang auf.

Wie ich es auch drehte und wendete; an einem persönlichen Gespräch mit dem alten Herrn führte kein Weg vorbei. Irgendwie musste ich es schaffen, mich an Winterstein und der Schellenberg vorbeizuschleichen. Nur wohin? Wo sich das Büro des Seniors befand, wusste ich nicht. Vermutlich lag es nicht weit vom Schreibtisch der Prokuristin entfernt. Für eine Aktion wie ich sie im Sinn hatte, war *vermutlich* jedoch nicht gut genug. Vielleicht konnte mir Jonas Balser weiterhelfen.

„Sagen Sie bitte, das Büro von Herrn Brodamm, wie genau komme ich dorthin?"

Der Archivar runzelte die Stirn. „Wieso fragen Sie mich das jetzt?"

„Na ja, irgendwann werde ich ihn im Rahmen meiner Arbeit interviewen müssen. Da wäre es gut zu wissen, wohin ich gehen muss."

„Das werden Sie zu gegebener Zeit sicher erfahren", antwortete Balser und widmete sich dem, was immer er gerade tat. Es war offensichtlich, dass ich bei ihm so nicht weiter kam. Wintersteins Beleidigung hatte der junge Mann noch nicht verdaut und daher würde er momentan eher dazu neigen, mich auflaufen zu lassen, um seinen verletzten Gefühlen ein Ventil zu bieten. Heute konnte ich hier nichts mehr erreichen.

Um mir den Anschein von Geschäftigkeit zu geben, notierte ich einige allgemeine Eckdaten der Firmengeschichte und verabschiedete mich von Balser.

Kapitel 16

Mein Magen knurrte, was mir den Anlass gab, den Watzls und ihrem Restaurant einen Besuch abzustatten. Die Zwillinge hatten als Tagesgericht einen italienischen Nudeltopf im Angebot, zubereitet mit frischen gehackten Tomaten und Spinat.

„Ist kein einziges Fitzelchen Fleisch drinnen", beruhigte mich Bodo.

Wie alle anderen Gerichte der Watzls schmeckte auch diese Pasta ausgezeichnet. Da war es zu verschmerzen, dass der Lurch nach dem Essen meinen Kaffee mehr auf der Untertasse als im Becher servierte.

„Tut mir leid", meinte er. „Ich wollte noch einmal einen Versuch als Kellner starten, aber das wird in diesem Leben wohl nichts mehr. Das Trauma, von einem Auftragsmörder gejagt worden zu sein, sitzt einfach zu tief."

„Ist kein Ding", erklärte ich großmütig und füllte meine Tasse mit der auf dem Unterteller schwappenden Brühe wieder auf. Durch meine Sanftmut ermutigt, suchte der Lurch das Gespräch mit mir. „Was macht eigentlich unser Fall? Kommst du voran?"

„Unser Fall? Du meinst doch nicht etwa diese leidige Angelegenheit, die du mir aufgehalst hast?"

„Na ja, eigentlich schon. Nun sag mal, gibt es Neuigkeiten?"

Der Kerl kannte wirklich kein Schamgefühl. Da ich mich vorhin so wacker gegen Winterstein behauptet hatte, war ich jedoch gut gelaunt und entsprechend milde gestimmt. Daher erzählte ich dem Lurch bereitwillig von meiner Theorie, dass der alte Brodamm schon längst das Zeitliche gesegnet hatte und das leitende Management dies vertuschte.

„Da könnte echt was dran sein", sagte er. „Bei Aktiengesellschaften kann sich der Tod einer Führungspersönlichkeit verheerend auf den Börsenkurs auswirken. Da ist es absolut nachvollziehbar, wenn das Ableben der Person solange verheimlicht wird, bis sich eine günstige Gelegenheit für die entsprechende Bekanntmachung ergibt."

„Wenn das herauskäme, gäbe es einen Riesenskandal!"

„Na und ob. Deswegen glaube ich, dass die Verantwortlichen bestimmt vorgesorgt haben, was diesen Punkt angeht."

Hier konnte ich dem Lurch nicht folgen. „Wie meinst du das?"

Ehe Stefan antwortete, sah er sich nach allen Seiten um. Nachdem er sich vergewissert hatte, dass uns niemand zuhörte, beugte er sich dicht zu mir und setzte die Unterhaltung im Flüsterton fort.

„Ich will damit sagen, dass selbst wenn du es schaffen solltest, ins Büro des alten Firmenchefs vorzudringen, du nicht sicher sein könntest, es dort mit dem echten Brodamm zu tun zu haben."

„Hä?" Das war alles, was mir dazu einfiel.

„Wie du weißt, bin ich früher als Schauspieler im Theater aufgetreten.⁶"

„Du hast während einer Kindervorstellung in einem Affenkostüm gesteckt", rückte ich die Aussage des Lurchs ins rechte Licht.

„Egal", wischte er meinen Einwand beiseite. „Was ich sagen will, ist, dass es sich bei dem angeblichen Unternehmenspatriarch ebenfalls um einen Schauspieler handeln könnte. Du bist Brodamm nie zuvor begegnet und kennst das Original daher nicht."

„Ziemlich weit hergeholt, findest du nicht?"

„Ich habe so etwas in der Art in einem alten Edgar Wallace Krimi gelesen. Da hat jemand die Rolle eines Ministers der britischen Regierung eingenommen und in dessen Namen völlig unsinniges Zeug angestellt, um die Aktienkurse auf Talfahrt zu schicken. Na, was sagst du jetzt?"

„Ich kannte Stefans Faible für Verschwörungstheorien und wusste, dass es keinen Zweck hatte, mit ihm zu diskutieren, wenn er sich in eine bestimmte Vorstellung verrannt hatte. Ablenkung schien mir das geeignete Mittel der Wahl, aber ich musste mit Bedacht vorgehen.

„Weißt du noch, wie der Roman von Wallace hieß?"

„Der Joker, glaube ich."

Bingo, eine bessere Steilvorlage, um das Thema zu wechseln, hätte mir der Lurch nicht liefen können. Eine Leidenschaft, die wir teilten, waren Kinofilme.

„Es gibt nur einen wahren Joker und den hat Heath Ledger in *The Dark Knight* gespielt.

„Volle Zustimmung. Obwohl Joaquin Phoenix in *Joker* auch grandios sein soll. Habe den Film aber leider immer noch nicht gesehen, wie ich zu meiner Schande gestehen muss."

---

6) Siehe Band 2 dieser Trilogie: VermisstenFall

„Ich auch nicht. Komisch, liegt vielleicht daran, dass ich noch zu sehr an Heath Ledgers Interpretation hänge und die mir nicht kaputt machen lassen will."

„Ja, das könnte es sein", meinte er und stand auf. „Ich muss mal wieder in die Küche. Halte mich bitte auf dem Laufenden, wenn du bei deinen Ermittlungen vorankommst."

Da saß ich nun und überlegte, wie ich den Rest dieses Tages verbringen sollte. Mein Pensum für heute hatte ich erfüllt. Eigentlich war es an der Zeit, mich wieder einmal bei Maschine oder Auguste zu melden. Allerdings erschienen mir beide Optionen nicht besonders reizvoll. Ich bestellte noch einen Kaffee und dachte über den Fall nach. Auf der Suche nach dem Täter gingen Ermittler der Frage nach, wer über ein Motiv, die Gelegenheit und das oder die notwendigen Mittel verfügte, um das Verbrechen zu begehen.

Ich wusste nicht einmal, welche der infrage kommenden Personen ein Alibi für einen oder beide Morde vorweisen konnte. Es war wenig wahrscheinlich, dass Frau Schellenberg oder Herr Winterstein mir auf eine diesbezügliche Frage antworten würden. Das galt wohl auch für Jonas Balser, ganz zu schweigen vom alten Brodamm, den ich ja bis heute noch nicht einmal zu Gesicht bekommen hatte. Immerhin konnte ich die ehemaligen Mitbewohner von Ronnie und Leon dazu befragen. Das schien mir zum gegenwärtigen Zeitpunkt jedoch überflüssig zu sein. Nach aktuellem Stand der Dinge hielt ich es für wahrscheinlicher, dass der Mörder oder die Mörderin im Baukonzern zu suchen war.

Was die Morde verband, war Ronnies Hausarbeit, die sich mit der Vergangenheit des Unternehmens beschäftigte. Es half alles nichts. Irgendwie musste ich es schaffen, den alten Brodamm unter vier Augen zu sprechen.

Was dagegen die Alibis der Firmenangehörigen betraf, konnte mir vielleicht Auguste weiterhelfen, vorausgesetzt, dass er noch im Dienst war.

Im Schnellrestaurant der Watzl-Brüder ging es bisweilen zu wie in einem Komödiantenstadl. Keine fünf Minuten, nachdem der Lurch meinen Tisch verlassen hatte, stand die nächste Person, die meine Gesellschaft suchte, vor mir.

„Hallo, Tim. Ist der Platz noch frei?"

„Grüß dich, Jelzin. Setz dich doch!"

Auguste hatte mir gegenüber einmal durchblicken lassen, dass er den Spitznamen, den ich ihm wegen seiner beiden fehlenden Finger verpasst hatte, nicht so sehr mochte. Seither versuchte ich diese Anrede zu vermeiden, was mir meist, also zumindest öfter als früher, ganz gut gelang. Le Meurs plötzliches Auftauchen hatte mich aber dermaßen überrascht, dass mir diese Anrede einfach so herausgerutscht war. Der Franzose gab sich unbeeindruckt und nahm Platz.

„Wie geht es dir denn so, Tim?"

„Das müsste ich eigentlich dich fragen", gab ich zurück. „Was macht dein Polizeiproblem?"

„Hat sich leider nicht in Luft aufgelöst. Allerdings kommt das Verfahren gegen mich auch nicht so richtig in Gang. Bis jetzt hat mein Dienstherr sogar von einer Beurlaubung abgesehen. Dafür bleibe ich bei allen relevanten Vorgängen außen vor. Ich komme mir vor wie ein Verstorbener, der den Übergang ins Jenseits nicht geschafft hat und sich zwischen den Welten bewegt, ohne einer von beiden richtig anzugehören."

„Verstehe, man hat dich kaltgestellt, aber nicht gefeuert."

„So ist es. Im Nachhinein frage ich mich, wie ich mein Geheimnis so lange vor meinem Dienstherrn verbergen konnte. Aber wie so etwas geht, weißt du ja wohl besser als ich. Denn mit Geheimnissen kennt ihr euch ja bestens aus, du und unser gemeinsamer Freund Maschine."

Augustes Bemerkung jagte mir einen solchen Schrecken ein, dass ich etwas Kaffee verschüttete. Wusste er darüber Bescheid, dass ich den Cyborg vor vielen Jahren schmählich im Stich gelassen hatte? Konnte sich Maschine an mein Geständnis ihm gegenüber wieder erinnern und hatte er Le Meur davon erzählt? Ich spürte, wie mir das Blut aus dem Kopf wich. Verstohlen schaute ich mich um. Nicht auszudenken, wenn Astrid Schenk oder irgendwer sonst unser Gespräch belauschte. Doch niemand schien Zeuge unserer Unterhaltung zu sein.

„Wovon redest du?"

„Das weißt du genau, Tim. Glaubst du tatsächlich, ich wüsste nicht, was damals am Rheinufer geschah?[7] Zwei Leichen und jede mit einem Curarepfeil im Körper? Zwar habe ich keine Ahnung, wie Maschine das angestellt hat, aber er ist der einzige Sammler exotischer Gifte, den ich kenne und der mit den Getöteten in Verbindung stand. Vielleicht nicht direkt, aber indirekt über dich. Schließlich hat unser Freund dir bei deinem ersten Fall kräftig unter die Arme gegriffen. Ich brauchte nur zwei und zwei zusammenzuzählen, denn dass zwischen dir und dem Cyborg eine ganz besondere Verbindung besteht, ist doch offensichtlich."

Ich biss mir auf Lippen bis sie schmerzten. Wenigstens wusste Le Meur nichts davon, dass ich Maschine einst seinen Peinigern überlassen hatte. Doch wie hatte ich nur so dumm sein können und glauben, dass Auguste uns nicht auf die Schliche kommen würde? Er war Polizist und zwar nicht bloß ein guter, sondern einer der besten. Es hätte jedoch nicht einen Ermittler seines Schlages gebraucht, um das Offensichtliche zu erkennen und daraus den richtigen Schluss zu ziehen.

„Warum hast du nie etwas gesagt?" fragte ich.

„Ich wüsste nicht, was ich dazu hätte sagen sollen. Was der Cyborg getan hat, war entweder Nothilfe oder ein klarer Fall von Selbstjustiz. Welches von beiden damals zutraf, wollte ich nie wissen."

In meinem Hals saß ein dicker Kloß, der mich am Sprechen hinderte. Einer der Männer, die Maschine getötet hatte, gehörte zu dem Duo, dem mein Freund seine Existenz als Krüppel verdankte.

„Wieso bringst du dieses Thema nach all den Jahren ausgerechnet jetzt zur Sprache?"

„Das kann ich dir nicht sagen", antwortete er.

---

7) Siehe Band 1 dieser Trilogie: KnieFall

„Vielleicht liegt irgendwas in der Luft, das mich dazu gebracht hat. Ich habe einfach das Bedürfnis, reinen Tisch zu machen. Gut möglich, dass meine drohende Entlassung dabei eine Rolle spielt. Ich glaube, uns stehen einschneidende Veränderungen bevor."

„Vielleicht", sagte ich und drehte die inzwischen leere Kaffeetasse in meinen Händen. Seit ich Maschine gegenüber mein Versagen eingestanden hatte, war mir klar, dass es besser war, Wiesbaden den Rücken zu kehren. Jetzt, wo Astrid Schenk über Maschine und seine Hackertätigkeit Bescheid wusste, musste ich fürchten, dass sie sich näher für den Cyborg interessieren würde. Ich traute der Journalistin durchaus zu, Dinge zur Sprache zu bringen, über die Maschine und ich auch weiterhin lieber den Mantel des Schweigens ausgebreitet wüssten. Womöglich würde sie im Zuge ihrer Recherchen eines Tages herausbekommen, welches besondere Band mein Leben mit dem des Cyborgs verknüpfte. Wenn es soweit war, wollte ich möglichst weit weg sein.

Was Auguste betraf, so stand für mich außer Frage, dass seine Karriere in absehbarer Zeit ihr Ende finden würde. Doch noch war es nicht so weit. Ich verscheuchte die trüben Gedanken und stellte dem Franzosen die Frage, deren Antwort mich in meinen Ermittlungen voranbringen konnte. „Sag mal, hast du noch Einblick in die laufenden Untersuchungen über die Studierenden Ronnie und Leon?"

„Ich bin zwar nicht aktiv in die Fälle eingebunden, bekomme aber noch einiges mit. Was möchtest du wissen?"

„Mich interessieren die Alibis der leitenden Angestellten von Brodamm und auch das von Jonas Balser, dem Archivar."

„Tut mir leid, damit kann ich dir nicht dienen. Soweit ich weiß, sind weder die Mitarbeiter noch Brodamm selbst je danach gefragt worden. Dafür gab es keine Notwendigkeit."

„Also sind sie alle verdächtig."

Auguste lachte auf. „Der Begriff Unschuldsvermutung ist dir bekannt, oder?"

„Ja, sicher. Aber nachdem immer mehr darauf hindeutet, dass Winterstein und die Schellenberg ein Motiv haben könnten, die jungen Männer umzubringen, konzentriere ich mich auf sie."

„Ich verstehe", sagte Jelzin und sah auf seine Armbanduhr. „Oh, schon so spät. Ich habe noch eine Verabredung mit unserem Freund Maschine. Hast du Lust mitzukommen?"

„Ein andermal, vielleicht. Heute passt es nicht so gut."

„Wie du meinst", meinte er und stand auf. „Manchmal habe ich das Gefühl, dass dich und Maschine noch etwas ganz Anderes verbindet. Außer dieser Geschichte am Rheinufer, meine ich."

Auguste drohte scherzhaft mit dem Zeigefinger.

„Ich habe keine Ahnung, was es ist, aber wenn ich will, finde ich es heraus."

Das hatte vermutlich scherzhaft klingen sollen, aber mir lief bei diesen Worten ein kalter Schauer über den Rücken.

Kapitel 17

Es war immer noch genug Tag übrig, um wenigstens eins der Dinge zu erledigen, die ich mir vorgenommen hatte. Ich verabschiedete mich von den Watzl-Brüdern und stieg in einen RMV-Bus der Linie 274, der mich nach Taunusstein brachte. Dort suchte ich Sigrids Fotostudio auf, dessen Eigentümerin glücklicherweise Zeit für mich hatte.

„Welch seltener Gast", begrüßte sie mich. „Was führt dich zu mir?"

Sigrid kannte mich zu gut, um zu glauben, dass ich ihr um ihrer selbst willen einen Besuch abstatten würde. Einfach so, ohne Hintergedanken. Daher kam ich gleich zur Sache.

„Du sollst doch von dem alten Brodamm Porträtfotos machen. Warst du schon bei ihm? Ich meine, hast du ihn persönlich gesehen?"

„Bis jetzt noch nicht, aber ich habe morgen einen Termin bei ihm."

„Hervorragend! Dann kannst du mich mitnehmen. Ich begleite dich als dein Assistent und trage sogar deine Ausrüstung."

„Hoppla", meinte sie. „Immer langsam mit den jungen Pferden. Hast du vergessen, dass wir zuerst an der Schellenberg vorbei müssen, wenn wir zum Seniorchef wollen? Ich frage mich, wie das gehen soll? Ihre Bürotür steht immer offen und sie passt auf wie ein Luchs."

„Auch eine Frau Schellenberg braucht mal Pause", beruhigte ich sie. „Gegen zehn Uhr macht sie Frühstück und dann haben wir es nur noch mit ihrer Kollegin Frau Adler zu tun. Sobald das der Fall ist, treten wir auf den Plan, melden uns bei der jungen Dame an und schwupps, gelangen wir ins Allerheiligste der Firma."

„Ich glaube eher, dass wir schwupps auf der Straße landen", gab sie zurück.

„Komm schon, lass mich nicht betteln."

„Von mir aus," seufzte sie. „Aber wenn wir erwischt werden, geht alles auf deine Kappe. Ich werde so tun, als hättest du mich glauben lassen, dass deine Anwesenheit mit der Firmenleitung abgesprochen worden war."

„Geht klar."

Am nächsten Morgen traf ich Sigrid fünf Minuten vor zehn am Haupteingang von Brodamm Bau. Sie trug ein dunkelblaues Kostüm und dazu passende Pumps, was ihr ausgezeichnet stand. Dagegen sah ich in meinen zerbeulten Jeans und der abgetragenen Windjacke aus, als hätte ich die letzte Nacht unter einer Brücke verbracht.

„Wir müssen ins oberste Stockwerk", sagte ich. „Nehmen wir den Aufzug?"

„Wäre mir sehr recht, wenn ich meine Fotoausrüstung nicht die Treppen hinauftragen müsste. Du hättest mir ruhig was abnehmen können. Wolltest du mir nicht ohnehin helfen?"

„Ja, doch", sagte ich und griff nach einer Tasche. „Puh, ganz schön schwer."

„Kommen Sie herein!"
Die Stimme klang kräftig. Der Mann, zu dem sie gehörte, schien bei bester Gesundheit zu sein. Karl-Heinz Brodamm hatte schneeweißes Haar und ein von zahlreichen Runzeln übersätes Gesicht. Er saß aufrecht hinter seinem Schreibtisch und musterte uns mit einem scharfen Blick.
„Guten Morgen, Frau Beck. Wen haben Sie denn da mitgebracht?"
„Strecker, mein Name", antwortete ich an Sigrids Stelle. „Ich assistiere Frau Beck. Außerdem bin ich der künftige Verfasser Ihrer Jubiläumsschrift. In diesem Zusammenhang hielt ich es für eine gute Idee, mich heute bei Ihnen vorzustellen."
„So, so." Brodamm gab sich keine Mühe, seine Skepsis zu verbergen. „*Sie* hielten Ihr unangemeldetes Erscheinen also für eine gute Idee?"
„Nun ja", druckste ich. „Früher oder später hätte ich Sie wegen eines Interviews ohnehin aufsuchen müssen."
„Später hätte mir jedenfalls besser gepasst", versetzte der Alte.
„Ich benötige sowieso noch etwas Zeit, bis ich mit meinen Vorbereitungen soweit bin, dass ich Sie fotografieren kann", kam mir Sigrid zu Hilfe. Sie war gerade damit beschäftigt, ein Stativ aufzustellen. Der alte Brodamm sah kurz zu ihr hinüber und seufzte.
„Na schön, legen Sie los, wenn Sie schon einmal hier sind!"
Da ich nicht wusste, wie viel Zeit mir bleiben würde, ehe mich Winterstein oder die Schellenberg hier entdecken und hinausbefördern würden, ging ich gleich in die Vollen.
„Ich würde gerne chronologisch vorgehen und die Gründerjahre Ihres Unternehmens beleuchten. Trifft es zu, Herr Brodamm, dass Ihr Unternehmen seinen Aufstieg den Nürnberger Rassengesetzen von 1935 und der Tatsache verdankt,

dass Ihr Vater im Nationalsozialismus an Kriegsverbrechen beteiligt war?"

In diesem Moment wurde die Bürotür geöffnet und Nora Schellenberg trat herein. Die Prokuristin ließ ihren Blick durch den Raum schweifen und stürmte auf mich zu. „Wie können Sie es wagen, hier so einfach hereinzuplatzen? Hat Ihnen Herr Winterstein nicht gesagt, dass er Ihnen Bescheid gibt, wenn Herr Brodamm für Sie zu sprechen ist?"

„Ich wollte ohnehin gerade gehen", sagte ich und kam damit Brodamm zuvor, dessen Gesicht eine ungesunde Röte zeigte. Der alte Mann stand kurz vor einem Wutausbruch, der sich gewaschen hatte.

„Ich komme mit", erklärte Sigrid. „Herr Brodamm scheint heute hohen Blutdruck zu haben. Da könnte ein Fototermin ihn zu sehr aufregen."

„Sag mal Tim, bist du von allen guten Geistern verlassen?"

Ich konnte es Sigrid nicht verübeln, dass sie auf mich losging, sobald wir das Firmengebäude verlassen hatten und wieder unter uns waren.

„Wie konntest du den alten Mann derart angehen? Er hätte einen Herzinfarkt bekommen können!"

„Hat er aber nicht", entgegnete ich trotzig.

„Den Auftrag bin ich auf jeden Fall los. Dafür schuldest du mir was!"

„Klar doch, ich mache es wieder gut. Versprochen."

Wir wussten beide, dass es nie dazu kommen würde.

Nachdem Sigrid mit ihrem blauen Mini Cooper davon gebraust war, kehrte ich zum Firmengebäude zurück. Da meine Tätigkeit für Brodamm mit dem heutigen Tag zweifellos ihr Ende gefunden hatte, wollte ich mich von Jonas Balser verabschieden. Ich konnte mir dieses Bedürfnis nicht erklären, dachte mir aber, dass das schon seinen Grund haben würde.

„Das war ja ein kurzes Gastspiel", meinte der Archivar. „Schade um die Mühe, die ich in Ihr Projekt investiert habe."

Balsers passiv-aggressive Art ging mir auf den Zeiger und ich bereute bereits, ihn aufgesucht zu haben. „Wirklich, sehr bedauerlich", setzte er nach. „Na ja, ich wünsche Ihnen alles Gute für die Zukunft." „Dito", gab ich verärgert zurück und ging Richtung Ausgang.

Als ich die Tür, die nach draußen führte, erreicht hatte und den Knopf am Türrahmen, der sie entriegeln würde, drücken wollte, hörte ich Stimmen mehrerer sich nähernder Personen. Ein rascher Blick über die Schulter zeigte mir, dass Balser mir nicht gefolgt war oder mich beobachtete. Ich öffnete leise die Tür zum Archivraum, um schnell dorthin verschwinden zu können, sobald die Ankömmlinge die Außentür erreicht hatten. Dann spitzte ich meine Ohren und lauschte.

„Sie hätten den Kerl niemals einstellen dürfen", hörte ich Nora Schellenberg sagen. „Schon gar nicht, ohne sich mit mir abzusprechen! Was haben Sie sich überhaupt dabei gedacht?"

„Nach dem, was Sie mir über ihn erzählt haben, hielt ich es für sinnvoll, diesen Amateurdetektiv im Auge zu behalten",verteidigte sich Winterstein. „Ihrer Schilderung nach war davon auszugehen, dass der Kerl im Dreck wühlen wollte. Ich konnte allerdings nicht ahnen, dass uns Strecker derartige Schwierigkeiten bereiten würde. Niemand hätte das voraussehen können. Im Grunde haben wir den Schlamassel ausschließlich Balser zu verdanken. Schließlich ist er es gewesen, der Strecker mit dem entsprechenden Material zur Firmengeschichte versorgt hat. Hat ihm vermutlich einen Riesenspaß bereitet, uns damit eins reinzuwürgen."

„Versuchen Sie ja nicht, Jonas alles in die Schuhe zu schieben. Sie allein haben die Personalentscheidung getroffen, unter der wir jetzt zu leiden haben. Dafür sind nur Sie verantwortlich und niemand sonst!"

„Ich möchte wissen, was den Jungen geritten hat, Strecker auf den ganzen Nazikram hinzuweisen", gab Brodamm seinen Kommentar ab. „Dafür wird er mir Rede und Antwort stehen!"

„Jetzt hack du nicht auch noch auf ihm herum. Kannst du nicht einmal auf seiner Seite sein?"

Inzwischen hatten die drei Firmenoberen die Metalltür erreicht und kontaktierten Balser über die Sprechanlage. Ich schlich zurück in den Archivraum, duckte mich hinter ein Regal und hielt meine Lauscher weiterhin auf Empfang gerichtet. Der Archivar ließ sich mit der Öffnung der Metalltür reichlich Zeit. Eine volle Minute verstrich, ehe Balser aufstand, um die drei Wartenden hereinzulassen. Währenddessen führten die ihre Unterhaltung fort.

„Wieso konnte Strecker überhaupt bis ins Chefbüro vordringen?", fragte Winterstein.

„Ich war in der Frühstückspause und die Adler hat nicht aufgepasst."

„Die war vielleicht damit beschäftigt, sich für Jonas fein zu machen", stichelte der Geschäftsführer. „Wer weiß, ob sie nicht schon längst ihre Krallen nach ihm ausgestreckt hat."

„Zuzutrauen wäre es ihr." Die Schellenberg schnaubte. „Aber das kann sie sich abschminken!"

„Warum soll der Junge nicht auch einmal seinen Spaß haben?", gab Brodamm seinen Senf dazu. „Er muss sie ja nicht gleich heiraten."

„Also wirklich!" Schellenbergs Empörung war aus diesen zwei Worten deutlich herauszuhören.

„He, he, he!" Brodamms Lachen klang roh und dreckig.

„Da sind Sie ja endlich, Balser", hörte ich Wintersein sagen. Das Regal versperrte mir die Sicht, aber offensichtlich hatte der Archivar die Tür jetzt entriegelt und die Unterhaltung wurde nun zu viert fortgesetzt.

„Ich will genau wissen, was du diesem Strecker über unsere Firmengeschichte erzählt hast!", herrschte Brodamm Jonas an.

„Nichts, was er nicht selbst hätte herausfinden können", klang es trotzig zurück.

„Was sagst du da? Na warte! So lasse ich nicht mit mir reden!"

„Wieso denn nicht? Ich kann hier ja sowieso nichts recht machen, egal was ich tue!"

„Schluss jetzt!", befahl die Schellenberg.

„Sehr richtig", pflichtete Winterstein ihr bei. „So kommen wir doch nicht weiter."

„Halten Sie sich gefälligst raus!", bekam der Geschäftsführer gleich dreifachen Gegenwind.

Ich blieb noch eine Weile hinter dem Regal hocken und verfolgte die Auseinandersetzung des Quartetts. Inhaltlich gab die verbale Schlacht jetzt nichts Neues mehr her, aber die Art, wie sie geführt wurde, gab mir dafür umso mehr zu denken. Ich hatte genug gehört und fand, dass es an der Zeit war zu gehen.

Um unbemerkt verschwinden zu können, passte ich einen Moment ab, wo die Debatte besonders hitzig geführt wurde. Dann schlich ich mich wieder in den Vorraum, drückte den roten Entriegelungsknopf der Außentür und machte, dass ich fortkam.

Kapitel 18

Am Abend folgte ich einer erneuten Aufforderung Le Meurs, mit ihm gemeinsam Maschine zu besuchen. Zugegebenermaßen war von meiner Seite aus wieder einmal eine gehörige Portion Eigennutz im Spiel. Diesbezügliche Gewissensbisse linderte ich damit, dass sich meine Freunde auf jeden Fall über meine Anwesenheit freuen würden. Kurz nach unserer Ankunft bereute ich meine Zusage bereits. Auguste und der Cyborg teilten eine Vorliebe für fettiges und fleischlastiges Fastfood. Eine Leidenschaft, der sie zu meinem Bedauern an diesem Abend im Überfluss frönten. Der Wohnzimmertisch, um den wir uns versammelt hatten, war übersät mit ölgetränktem Wachspapier und mit Ketchup verschmierten Pappschachteln, an denen verknasterte Fleischreste klebten.

„Hättet ihr nicht etwas bei den Watzls bestellen können?", maulte ich und stibitzte ein Kartoffelstäbchen vom äußersten Rand des Papptellers, den Maschine vor sich stehen hatte.

„Hätte zu lange gedauert", antwortete der Cyborg. „Wir hatten tierischen Hunger und der Frittenkönig um die Ecke will auch leben."

Immerhin hatten die beiden meinem Wunsch, heute auf Alkohol und Drogen zu verzichten, entsprochen. Ich brauchte die intellektuelle Unterstützung meiner Freunde, die sie nur bei klarem Verstand leisten konnten. Mein Bauchgefühl sagte mir, dass ich kurz davor war, meine Ermittlung erfolgreich abzuschließen. Leider schien ich nicht in der Lage zu sein, das Offensichtliche zu erkennen. Nun hoffte ich, dass Jelzin und Maschine mir gedanklich auf die Sprünge helfen würden.

Auguste lehnte sich in seinem Sessel zurück und strich sich über den Bauch.

„Wie war dein Tag?", fragte er.

„Höchst interessant." Ich erzählte ausführlich von meinem Kurzbesuch bei Brodamm, den anschließenden Rausschmiss und das Streitgespräch, das ich im Archiv belauscht hatte.

„Was für ein auf Krawall gebürsteter Haufen", kommentierte Maschine meinen Bericht. „Da geht es ja zu wie in einer Schlangengrube."

„In der Tat sehr bemerkenswert", ließ sich Le Meur vernehmen. „Ich finde das alles sehr aufschlussreich."

„Ich ja auch, aber mir kam das so vor, als passte da nichts richtig zusammen. Der Umgang der vier entsprach auf einmal gar nicht mehr dem, was ich aufgrund ihrer Positionen in der Firma erwartet hätte."

„Genau das ist das Interessante daran, Tim."

Ich konnte ihm nicht folgen. „Wie meinst du das?"

Auguste griff sich eine Flasche Mineralwasser und blickte fragend in dir Runde. Maschine und ich schoben ihm unsere Gläser hin und er schenkte ein.

„Überlege doch", sagte der Franzose. „Rufe dir das Gespräch, das du belauscht hast, ins Gedächtnis zurück. Besonders interessant erscheint mir das Verhalten Jonas Balsers."

„Genau", meldete sich Maschine zu Wort. „Hattest du nicht gesagt, dass er ein ganz zurückhaltender Typ ist, der jeder Auseinandersetzung aus dem Weg geht?"

Ich trank einen Schluck Wasser und setzte das Glas langsam wieder ab. „Ja, das war wirklich seltsam."

„Wäre es nicht möglich, dass Jonas zu Karl-Heinz Brodamm anstatt: Ich kann *hier* überhaupt nichts recht machen, gesagt hat: Ich kann *dir* überhaupt nichts recht machen?", fragte Jelzin.

„Ja, vielleicht", räumte ich ein. „Aber ich verstehe immer noch nicht ..."

„Nun komm schon, Tim. Wer redet denn so miteinander? Noch ein Hinweis. Ein Wortgefecht und vier Personen. Drei von ihnen streiten wie Kesselflicker und als der vierte Teilnehmer etwas dazu sagt, machen die anderen geschlossen Front gegen ihn. Was sagt dir das?"

Ich ließ mir Jelzins Worte durch den Kopf gehen. Es dauerte eine volle Minute, bis der Groschen fiel. „Jetzt wird mir klar, warum die Schellenberg so giftig auf die Adler ist. Das passt perfekt ins Bild!"

Le Meur nickte. „Genau wie der Umstand, dass Winterstein nur Geschäftsführer eines kleinen Unternehmens innerhalb von Brodamm Bau ist. Für die Hausverwaltungsgeschäfte wird sein Sachverstand gebraucht, aber Befugnisse, die andere Bereiche des Konzerns betreffen, bleiben ihm verwehrt."

„Ich habe mich über die Verteilung des Aktienbesitzes informiert", meldete sich Maschine zu Wort. „Eine Streuung ist so gut wie nicht vorhanden. Es befindet sich fast alles in einer Hand. Ich nehme mal an, in der von Karl-Heinz Brodamm."

„Weißt du, was ich am liebsten machen würde, Auguste?", sagte ich, „die ganze Bande in einem Raum versammeln und dann den Mörder überführen."

„Das kann ich veranlassen", meinte er. „Vorausgesetzt, du hast einen Plan, der einigermaßen Erfolg versprechend ist."

„Du kannst das veranlassen?", wunderte ich mich. Ich dachte du bist beurlaubt?"

„Nicht mehr."

„Wieso das denn?", meldete sich Maschine zu Wort.

Auguste lehnte sich in seinem Stuhl zurück und grinste. „Sagen wir einfach, dass die gegen mich erhobenen Vorwürfe wie ein misslungenes Soufflé in sich zusammenfielen. Mehr kann ich zum jetzigen Zeitpunkt nicht verraten. Bis zum Abschluss dieser leidigen Angelegenheit gilt so eine Art Karenzzeit. Also Tim, wie lautet dein Plan?"

Ich weihte Auguste und Maschine in mein Vorhaben ein. „Die Sache wird nur funktionieren, wenn du mir unter die Arme greifst und einige Dokumente besorgst", wandte ich mich an den Cyborg.

„Ginge das nicht auf offiziellem Wege?", fragte Auguste.

„Wahrscheinlich schon", antwortete ich. „Dauert aber länger."

„Dann höre ich jetzt weg. Sagt mir Bescheid, wenn ihr wieder legales Terrain betretet."

Wenige Minuten später stand der Plan. Im Zuge einiger Telefonate hatte ich mich der Mithilfe Sigrids, des Lurchs und der Watzl-Zwillinge versichert. Ich brannte darauf, diesen Fall endlich abzuschließen.

Kapitel 19

Mit der Worten; „Ich danke Ihnen, dass Sie meiner Einladung gefolgt sind", eröffnete Auguste die Veranstaltung. Wir hatten uns nach Geschäftsschluss in einem Konferenzraum versammelt, der uns genügend Platz bot. Außer Auguste und mir waren Sigrid, Karl-Heinz Brodamm, Geschäftsführer Winterstein, Jonas Balser, Frau Schellenberg und Frau Adler anwesend. Den großen ovalen Mahagonitisch und die dazugehörigen Stühle hatte ich an eine der Wände geräumt, um mehr Raum zu schaffen. Alle standen um mich herum, während ich mich im Zentrum des Rechtecks, dessen Außenbegrenzung die übrigen Anwesenden bildeten, aufhielt.

„Hatten wir denn eine Wahl?", warf Winterstein ein. „Jeder, der Ihrem Aufruf nicht gefolgt wäre, hätte sich verdächtig gemacht."

Mein Freund ignorierte diesen Einwand und deutete auf mich. „Ich übergebe das Wort an Tim Strecker, der in seine Eigenschaft als Privatdetektiv maßgeblich zu Aufklärung der Morde an Ronnie und Leon beigetragen hat."

Frau Schellenberg schnaubte verächtlich. „Ein Schnüffler. Für einen anständigen Beruf hat es wohl nicht gereicht?"

Ich quittierte die Beleidigung mit einem Räuspern und begann meinen Bericht. „Lange Zeit war ich mir im Unklaren darüber, was die Morde an den Studierenden miteinander verband und in welchem Umfeld der Täter oder die Täterin (bei den letzten Worten bedachte ich die Schellenberg mit einem strengen Blick) zu suchen war. Zunächst deutete alles auf eine Beziehungstat hin und darauf, dass einer der jetzigen oder ehemaligen Mitbewohner der Studierenden die Morde zu verantworten hatte. Wäre nur der Mord an Ronnie aufzuklären gewesen, hätte sich mein Verdacht zu Beginn der Ermittlungen allein auf die Hausverwaltung Winterstein & Partner konzentriert. Die Ermordung Leon Schwagers brachte mich von diesem Ansatz ab. Leon war nicht mehr Mitglied der renitenten Wohngemeinschaft, die sich weigerte, aus dem Haus in der Niederwaldstraße auszuziehen. Somit schien das Motiv eher bei den WG-Mitgliedern zu suchen sein. Diese Annahme stellte sich jedoch als falsch heraus, denn tatsächlich gab es einen anderen Grund."

„Und der wäre?", stellte Karl-Heinz Brodamm die naheliegende Frage.

„Ronnies Hausarbeit, die sich unter anderem mit der Geschichte Ihres Unternehmens und Ihrer Familie beschäftigte. Kein Ruhmesblatt, würde ich sagen, denn Ronnie konnte eindeutig belegen, dass der Erfolg des heute wirtschaftlich so glänzend dastehenden Baukonzerns Brodamm ohne die Nürnberger Rassengesetze nicht denkbar gewesen wäre."

„Frechheit!" schrie der Firmenpatriarch.

Ich hob meine Hand zum Zeichen, dass ich noch nicht fertig war. „Mehr noch, Ronnie fand heraus, dass ihr Vater als Mitglied eines Polizeibataillons an Massenerschießungen teilgenommen hatte. Leon Schwager wollte aus diesen Informationen Profit schlagen, indem er Sie zu erpressen versuchte. Seine Chancen standen nicht schlecht, denn gerade zu Ihrem glanzvollen Firmenjubiläum konnten Sie sich keinen Skandal leisten."

„Was sollen diese alten Kamellen?" Brodamms Gesicht war puterrot angelaufen. „Sie haben doch keine Ahnung. Damals herrschte Krieg!"

„Also, ich höre mir das nicht länger an", sagte Winterstein und wollte Richtung Tür gehen.

„Haben Sie ein Foto für mich?", fragte Auguste, der sich dem Geschäftsführer in den Weg stellte.

Wintersteins Unterkiefer sackte nach unten. „Ein Foto? Was soll denn das nun wieder? Sind wir hier etwa bei Deutschland sucht das Supermodell oder wie der Quatsch heißt?"

„Solange diese Veranstaltung stattfindet, verlässt niemand den Raum ohne Foto", gab Le Meur zur Antwort und deutete auf Sigrid, die eine Polaroidkamera in den Händen hielt.

„Wenn es der Wahrheitsfindung dient", murmelte der Geschäftsführer, drehte sich um und kehrte zu seinem Platz zurück.

„Ich verstehe, dass Sie den Ruf Ihres Unternehmens und natürlich den Ihres Vaters schützen wollen", wandte ich mich erneut an Brodamm, „aber sind Sie wirklich der, für den wir Sie halten sollen?"

„Hä?" Mehr brachte der alte Mann nicht heraus.

126

„Der Wert eines Konzerns ist häufig an eine bestimmte Person geknüpft. Denken Sie an Tesla und Elon Musk oder Amazon und Jeff Bezos", dozierte ich. „Ein Ausscheiden oder Ableben solch einer Gallionsfigur zur Unzeit könnte den Aktienkurs ins Bodenlose stürzen. Was läge da näher, als der Öffentlichkeit ein Weiterleben der Persönlichkeit, auf die es ankommt, vorzugaukeln?"

Meine Ausführungen wurden durch ein lautes Klopfen unterbrochen. Auguste öffnete die Tür zum Konferenzraum und Bodo Watzl trat ein. Vielleicht war es auch Winnie, so genau konnte ich das nicht sagen. Der Neuankömmling, ich behaupte mal, es war Bodo, trug eine Mütze. Somit war es mir nicht möglich, ihn anhand der Haartracht von seinem Zwillingsbruder zu unterscheiden. Der mutmaßliche Bodo marschierte zielstrebig auf den alten Brodamm zu und blieb neben ihm stehen. Dann klopfte es erneut an der Tür.

„Würden Sie bitte aufmachen?", bat ich Frau Adler. Die entsprach meiner Bitte, öffnete die Tür und zuckte zurück. Dann drehte sie den Kopf zu Bodo, der nach wie vor neben Karl-Heinz Brodamm stand.

„Verblüffend, nicht wahr? Die Begegnung mit eineiigen Zwillingen überrascht immer wieder. Könnten Sie die beiden Männer auseinanderhalten, Frau Adler?"

Die junge Frau musterte die Brüder und schüttelte den Kopf. „Ich sehe keinen Unterschied."

„Natürlich nicht. So dürfte es uns allen gehen. Wenn Herr Brodamm einen Zwillingsbruder hätte, könnte der den Posten des eventuell verstorbenen Konzernchefs einnehmen, ohne dass die Öffentlichkeit davon Wind bekommt. Wer sagt uns denn, dass Sie tatsächlich derjenige sind, für den Sie sich ausgeben?" Um einen dramatischen Effekt zu erzeugen, drehte ich mich bei diesen Worten blitzschnell um die eigene Achse und deutete auf den Firmenpatriarch.

„Ich habe überhaupt keine Geschwister, geschweige denn einen Zwillingsbruder", ließ sich der alte Mann vernehmen.

„Guter Punkt", räumte ich ein, aber so ganz sind Sie aus der Nummer noch nicht raus!"

Ein Surren ertönte. Es stammte aus Sigrids Kamera. Sie drückte einem der Zwillinge eine Polaroidaufnahme in die Hand.

„Hier, euer Foto. Wir sehen uns später." Die beiden Restaurantbetreiber freuten sich wie die Schneekönige und strebten dem Ausgang zu. Auf dem Weg dorthin schlug einer ein Rad, während der andere aus dem Stand einen Salto hinlegte.

„Was hat uns das jetzt gebracht?" In Wintersteins Stimme schwang unüberhörbar Ärger mit. „Wir wissen jetzt, dass Herr Brodamm nicht durch einen Zwilling ersetzt wurde. Für diese Erkenntnis wäre der Auftritt der beiden Zirkusclowns nicht nötig gewesen."

„Dennoch besteht weiterhin die Möglichkeit, dass Ihr Firmenjubilar gegen einen Doppelgänger ausgetauscht wurde", beharrte ich. „Frau Adler, öffnen Sie bitte noch einmal die Tür."

In dem Affenkostüm, das nun sichtbar wurde, steckte natürlich niemand anderer als Stefan Rabenacker. Der Lurch hoppelte auf Karl-Heinz Brodamm zu, fuchtelte wild mit den Armen und gab einige Grunzlaute von sich.

„Um Himmels willen, was soll das nun wieder?" Der alte Mann war sichtlich bemüht, gegenüber dem haarigen Ungetüm Abstand zu wahren.

„Nicht übertreiben", flüsterte ich dem Lurch zu, der daraufhin ruhiger wurde. Für alle hörbar, fuhr ich mit lauter Stimme fort. „Eine Ablösung oder ein Ersetzen des Konzernchefs durch einen Zwilling kommt offensichtlich nicht in Betracht. Doch könnte eine geschickte Kosmetikerin oder ein Maskenbildner einen Doppelgänger erschaffen, der Herrn Brodamm zum Verwechseln ähnlich sieht."

Der Lurch setzte den zum Kostüm gehörenden Affenkopf ab. Ein Raunen erhob sich, denn anstelle von Stefan Rabenacker erblickten wir ein Ebenbild Karl-Heinz Brodamms.

„Dieses Wunderwerk verdanken wir der Fachkunst unserer geschätzten Fotografin hier." Sigrid quittierte meine Aussage mit einem vollendeten Hofknicks. In der Regel neigte sie nicht zu Albernheiten, aber es gab Ausnahmen, bei denen sie der Schalk ritt.

„Sigrid Beck hat den eindrucksvollen Beweis dafür geliefert, wie leicht sich ein Double des Konzernchefs herstellen ließe. Was denken Sie", wandte ich mich erneut an den alten Mann, „wird passieren, wenn ich an Ihren Haare ziehe oder Ihnen mit einem nassen Waschlappen durchs Gesicht fahre?" „Wagen Sie es ja nicht!" Brodamm ballte die Fäuste. „Keine Sorge. Mittlerweile bin ich von der Doppelgänger-Theorie abgekommen."

„Sie hatte aber etwas für sich", warf der Lurch ein. „Das hatte sie, Stefan." Leise, so dass nur er es hören konnte, fügte ich hinzu: „Vielen Dank dass du deine Angst überwunden und an diesem Treffen teilgenommen hast."

Der Lurch holte sich bei Sigrid sein Foto ab und spazierte hinaus.

„Ich verstehe nicht, was das alles hier soll!", meldete sich die Schellenberg zu Wort.

„Ich auch nicht", pflichtete ihr Jonas Balser bei. Im Gegensatz zur Prokuristin trug er seinen Protest im Flüsterton vor. Dabei schüttelte er den Kopf, um anschließend seine Brille abzunehmen und am Saum seines Hemdes zu putzen.

„Keine Sorge, wir kommen jetzt zum Wesentlichen", sagte ich.

„Großer Gott!" Winterstein war mit seinen Nerven offensichtlich am Ende. „Soll das heißen, wir haben uns diesen ganzen Blödsinn anhören müssen, ohne einen Schritt weiter zu sein? Was bilden Sie sich ein, so mit anderer Leute Zeit umzugehen?"

„Alles, was hier von meiner Seite aus geschieht, ist durchaus zielführend", versuchte ich den Geschäftsführer zu beruhigen. „Ich arbeite nach dem Ausschlussprinzip. Immerhin können wir nun davon ausgehen, es mit dem echten Karl-Heinz Brodamm zu tun zu haben. Seine Reaktion auf meine Frage, was passieren würde, wenn ich ihm an den Haaren ziehe, war absolut authentisch. Allerdings kommt er immer noch als Täter in Frage. Im Gegensatz zu Frau Adler, die übrigens zu keinem Zeitpunkt verdächtig gewesen ist."

Ich drehte mich zu der jungen Dame um. „Eine Frage hätte ich noch an Sie. Haben Sie zu irgendeinem Zeitpunkt erwogen, eine Liebesbeziehung mit Jonas Balser einzugehen?"

In Frau Adlers Gesicht spiegelte sich eine Mischung aus Widerwillen und Belustigung.

„Nichts für ungut, aber nein. Nicht einmal für eine Million oder mehr. Für kein Geld der Welt."

Ein Seitenblick zu Balser verriet mir, wie sehr ihn diese Abfuhr traf. Der arme Kerl errötete bis unter die Haarwurzeln. Offensichtlich hatte er sich tatsächlich Hoffnungen gemacht, bei der hübschen Kollegin zu landen.

„Danke sehr, Frau Adler. Wenn Sie möchten, können Sie sich ihr Foto abholen und gehen."

„Wenn ich zu keinem Zeitpunkt unter Verdacht stand, warum war ich dann überhaupt hier?"

Da mir die Begründung: *Damit ich jemanden habe, der die Tür aufmacht* unangebracht schien, blieb ich die Antwort schuldig. Als Frau Adler uns verließ, wirkte sie ein wenig angefressen.

Für Außenstehende musste es so aussehen, als hätte ich keine Ahnung davon, was ich hier veranstaltete. Ich selbst war mit dem bisherigen Verlauf des Geschehens jedoch höchst zufrieden. Winterstein, Brodamm, Balser und Frau Schellenberg fiel es merklich schwerer, ihre nach außen zur Schau gestellte Gleichgültigkeit zu bewahren. Die Fassaden der vier bröckelten und ihre Nerven lagen blank. Genau das hatte ich beabsichtigt. Sigrids Nummer mit den Fotos und die scheinbar sinnlosen Auftritte des Lurchs und der Watzls hatten sie mürbe und reizbar machen sollen. Diesen Zustand hatten die Verdächtigen nun erreicht. Es war an der Zeit, den finalen Stoß auszuführen.

Ich gab Auguste ein Zeichen, der daraufhin ein weiteres Mal die Tür öffnete. Maschine rollte auf seinem elektrischen Rollstuhl herein, drehte eine Pirouette, steuerte auf mich zu und überreichte mir einige bedruckte Papierblätter. Ich überflog deren Inhalt und wandte mich an den Geschäftsführer.

„Da das, was nun folgt, eine reine Familienangelegenheit ist, müssen wir uns leider von Ihnen verabschieden, Herr Winterstein. Sie können Ihr Foto abholen und gehen."

„Na, endlich und danke, ich verzichte. Auf das Foto natürlich. Nicht darauf, zu gehen."

Le Meur gab sich großmütig und ließ den Geschäftsführer auch ohne Polaroidaufnahme passieren.

„Was meinen Sie mit Familienangelegenheit?", feuerte Brodamm eine Frage ab. „Wollen Sie das vielleicht erklären?"

„Sehr gern", antwortete ich. „Ihr Sohn Jonas ist alt genug, um an diesem Gespräch teilzunehmen. Außerdem weiß er ohnehin Bescheid."

„Bescheid, worüber?" Frau Schellenbergs Stimme klang eine Oktave höher als gewöhnlich.

„Darüber, dass Sie und Herr Brodamm Jonas' Eltern sind."

Die folgende Stille ließ Raum für den Austausch bedeutungsschwangerer Blicke. Jonas starrte auf seine Mutter die ihrerseits Brodamms Augen festzuhalten suchte. Der wiederum glotzte stumpf auf seinen Sohn, als sähe er ihn zum ersten Mal.

„Sie sind ja verrückt", stieß die Schellenberg schließlich kaum hörbar hervor.

„Leugnen ist zwecklos", versetzte ich und wedelte mit den Papieren, die Maschine mir übergeben hatte. „Diese Dokumente sprechen eine eindeutige Sprache. Jonas trägt Ihren Mädchennamen. Den hat er auch behalten, als sie geheiratet und den Namen Ihres inzwischen verstorbenen Ehemanns, Harald Schellenberg, angenommen haben."

„Fälschungen!", schrie Brodamm und ballte die Fäuste. „Billige Fälschungen!"

„Wie fühlt sich das an, Herr Balser?" Während ich diese Frage stellte, wirbelte ich herum und deutete mit ausgestrecktem Finger auf die Brust des Angesprochenen. „Immer derjenige zu sein, der zurückstecken muss. Das ewige fünfte Rad am Wagen, dem kein Geld der Welt zu der Frau verhelfen würde, von der er heimlich träumt. Immer derjenige zu sein, der den Kürzeren zieht. Immer der zu sein, dem die Anerkennung, die ihm von Haus aus zusteht, verweigert wird. Sagen Sie mir, wie fühlt sich das an?"

„Ich weiß nicht, was Sie meinen", flüsterte der Archivar.

„Oh doch, das wissen Sie sehr wohl!", beharrte ich und schwenkte erneut die Papiere in meiner Hand. „Laut dieser Geburtsurkunde und der beigefügten Vaterschaftsanerkennung, die mir der Herr im Rollstuhl freundlicherweise besorgt hat, sind Sie zwar Frau Schellenbergs und Herrn Brodamms leiblicher Sohn. Doch haben Sie niemals die Anerkennung vonseiten Ihres Vaters erfahren, so sehr Sie sich darum bemüht haben. Im Gegenteil, man hat Sie ins Archiv verbannt. In einen Keller, dorthin, wo Sie am wenigsten stören konnten. Lebendig begraben zwischen staubigen Aktenordnen, vergilbten Papieren und ausrangierten Computern. Ihr Vater wollte nichts von Ihnen wissen, doch Sie hörten nicht auf, um seine Aufmerksamkeit zu ringen. So, wie nur Söhne um die Anerkennung ihrer Väter kämpfen!"

Ich hatte mit Sigrid vereinbart, dass sie mir unauffällig Zeichen geben sollte, wenn ich ihrer Meinung nach dabei war, zu übertreiben. Als ich jetzt zu ihr blickte, sah ich, wie sie eine Handbewegung in Richtung Boden machte. Ich drosselte meine Lautstärke und fuhr in ruhigerem Ton fort. „Als das bevorstehende Firmenjubiläum drohte, ein einziges Imagedesaster zu werden, sahen Sie Ihre große Stunde gekommen. Der verleugnete Sohn würde die Ehre seines Vaters und dessen Lebenswerk schützen. „Sie, Jonas Balser, sahen sich als Retter in der Not und wollten die Gelegenheit nutzen, Ihrem Vater zu zeigen, wie weit Sie bereit waren, für ihn zu gehen."

„Nein, nein", murmelte der Angesprochene. „Das stimmt doch gar nicht."

„Oh doch! Als Archivar bekamen Sie natürlich mit, dass Ronnie Volz bei Ihnen über die unrühmliche Vergangenheit von Brodamm Bau recherchierte. Vielleicht hat der junge Mann Ihnen gegenüber schon damals eine Bemerkung gemacht, dass er im Zuge seiner Nachforschungen auf die Mit-

132

gliedschaft Ihres Großvaters im Polizeibataillon gestoßen war. Jedenfalls wurde Ihnen schnell klar, dass die Arbeit des Studierenden eine ernsthafte Bedrohung für Ihren Vater darstellte. Daher fassten Sie den Entschluss, Herrn Volz zum Schweigen zu bringen und zwar für immer!"

„Nein, nein", wiederholte Balser und wich zwei Schritte zurück, als ich zu ihm herantrat. Sein Gesicht hatte jede Farbe verloren. Nicht mehr lange und er würde zusammenbrechen.

„Dumm war nur, dass Leon Schwager Wind von Ronnies Hausarbeit bekam und beschloss, daraus Kapital zu schlagen. Er eignete sich die Arbeit an und erpresste Ihren Vater. Das konnten Sie natürlich auch nicht zulassen. Also suchten Sie Leon im Wohnheim des Kollegs auf und brachten ihn ebenfalls um. Doppelmord, Balser. Das bringt Sie für lange Zeit hinter Gitter. Gegen die Haft in einer Gefängniszelle wird Ihnen Ihr verstaubtes Archiv wie ein Wellnessurlaub vorkommen!"

Balsers Körper schien jede Spannkraft verloren zu haben. Er stand krumm da und hielt den Kopf gesenkt. Jetzt ist es soweit, dachte ich. Das Geständnis liegt in der Luft. Ich kann es deutlich spüren.

„Hören Sie auf, um Himmels willen! Hören Sie endlich auf!" Im Gegensatz zu Balser zeigte Nora Schellenbergs Gesicht eine fiebrige Röte. Die Prokuristin stürmte auf mich zu, wurde aber nach wenigen Schritten von Auguste aufgehalten.

„Ich habe die beiden Schnösel umgebracht!", schrie sie, während sie vergeblich versuchte, an Auguste vorbeizukommen. „Wie können Sie glauben, dass Jonas in der Lage wäre, jemanden zu töten. Schauen Sie ihn sich doch an!"

„Beruhigen Sie sich und erzählen Sie der Reihe nach." Auguste lockerte seinen Griff, blieb aber vor der Schellenberg stehen. Die holte tief Luft und atmete kräftig durch.

„Es stimmt. Jonas ist mein Sohn und Karl-Heinz Brodamm sein Vater. Ich hatte ganz neu in der Firma angefangen. Mit nicht einmal zwanzig Jahren und wenig Lebenserfahrung war ich total naiv und eine leichte Beute für Männer wie Karl-Heinz einer war."

Der Firmenpatriarch stieß ein verächtliches Schnauben aus, was die Schellenberg ignorierte.

„Wir hatten eine kurze Affaire und ich wurde schwanger. Daraufhin beendete Karl-Heinz unser Verhältnis. Allerdings wollte er nicht, dass ich die Firma verließ. Er fürchtete ... ach, was weiß ich wovor er solche Angst hatte. Vielleicht davor, dass sein Fehltritt bekannt und er in der Öffentlichkeit schlecht dastehen würde, oder dass Jonas und ich bereits zu seinen Lebzeiten Ansprüche gegen ihn geltend machen könnten. Er war sich nie klar darüber geworden, wie er zu Jonas stehen wollte. Obwohl er die Vaterschaft anerkannt hatte, hielt er seinen Sohn und mich ein Leben lang auf Abstand. Vermutlich deswegen, weil wir nicht seiner Idealvorstellung von Frau und Kind entsprachen. Andererseits wollte er uns ständig im Auge behalten. Im Grunde waren wir nichts anderes als Sammelobjekte für ihn."

„Ich habe für euch gesorgt!", widersprach der Alte. „Ich habe doch die Vaterschaft von Jonas anerkannt, euch Arbeit gegeben und ein überaus anständiges Gehalt bezahlt."

„Du wolltest uns bloß kontrollieren und gleichzeitig auf Distanz halten. Darum hast du mich in diese Kammer im Empfangsbereich außerhalb deines Büros und Jonas ins Archiv verbannt. So konnten wir dir nicht ständig über den Weg laufen, waren aber jederzeit für dich verfügbar. Denn was dir einmal gehört hatte, das wolltest du nicht wieder hergeben. Egal, ob es dir wichtig war oder nicht. Kontrolle auf Lebenszeit über uns ausüben war dir wichtig, sonst nichts. Sobald Jonas alt genug war, hast du darauf bestanden, ihn einzustellen. Dabei hast du noch so getan, als würdest du uns damit einen großen Gefallen tun."

„Blödsinn!" Mehr hatte Brodamm dazu nicht zu sagen.

„Können Sie sich das vorstellen?", wandte sich die Schellenberg an Le Meur und mich. „Das eigene Kind vom Vater, der nur eine Tür von einem entfernt ist, verleugnet zu sehen? Können Sie sich vorstellen wie es ist, jeden Tag miterleben zu müssen, wie dieses Kind gedemütigt wird? Alle haben auf ihm herumgehackt. Nicht nur sein Vater, sondern auch Winterstein, dieses Ekelpaket! All die Jahre habe ich diesem Treiben zugesehen. Du, Karl-Heinz, hast es geschickt verstanden, mich mit deinen Versprechungen hinzuhalten. Jonas und mir sollte nach deinem Tod je ein Viertel der Anteile von Brodamm Bau gehören. Ich würde noch fünfzehn, vielleicht zwanzig Jahre im Vorstand sitzen und unser Sohn könnte sich während dieser Zeit die notwendigen Fähigkeiten aneignen, an denen es ihm jetzt noch mangelt. Während der Jubiläumsfeier wolltest du die Öffentlichkeit über die Nachfolgeregelung informieren. Dank einer glücklichen Fügung fiel ja auch meine fünfunddreißigjährige Betriebszugehörigkeit in die Zeit der Feierlichkeiten. Der optimale Anlass für eine Ehrung. Nach all den Jahren des Zurücksteckens und Stillhaltens winkte Jonas und mir der Lohn, den wir weiß Gott verdient hatten!"

Ein bitteres Lächeln umspielte Nora Schellenbergs Mund. Ihr Blick wanderte an uns vorbei und verlor sich irgendwo im Raum. Mit gesenkter Stimme fuhr sie fort.

„Plötzlich schien sich alles gegen mich verschworen zu haben. Zuerst tauchte diese Frau von der Zeitung auf und stellte komische Fragen zu Ereignissen, die fast einhundert Jahre zurück liegen. Diese penetrante Person konnte ich ja noch mühelos kaltstellen. Ein Anruf beim Chefredakteur, in dem ich unsere Anzeigenaufträge zur Sprache brachte, reichte aus, um die Journalistin in der Versenkung verschwinden zu lassen."

Daher konnte Astrid Schenk keine Unterlagen finden, die Aufschluss über die wahren Gründe ihrer Versetzung in die Anzeigenabteilung gaben, dachte ich. Die Angelegenheit war telefonisch geregelt worden und zwar ruck-zuck. Eine aufwendige Korrespondenz hatte es dafür nicht gebraucht. Nora Schellenbergs Gesichtszüge wurden härter, als sie ihre Schilderung der Ereignisse mit dem nächsten Kapitel fortsetzte.

„Doch dann kommt dieser elende Rotzbengel daher und wühlt in der Vergangenheit nach Dreck, mit dem er uns bewerfen kann. Ich kannte Ronnie Volz, denn er war ja der Hauptmieter der Wohnung in der Niederwaldstraße. Jonas erzählte mir, dass der junge Mann in unserem Archiv nach Unterlagen über die Herkunft des Unternehmensvermögens suchte. Damit nicht genug, stellte er Fragen hinsichtlich der künftigen Firmenleitung. Er hatte sauber recherchiert und war intelligent genug, die richtigen Schlüsse zu ziehen. Ihm war klar, dass Karl-Heinz wegen seines Alters den Chefsessel in absehbarer Zeit räumen würde. Fragte sich nur, für wen? In mir schrillten sämtliche Alarmglocken. Ich musste verhindern, dass Ronnie Dinge erfuhr, die ihn nichts angingen und sowohl der Familie als auch dem Unternehmen nur schaden würden. Also suchte ich ihn in der Niederwaldstraße auf. Ich wollte ihm ein Angebot machen. Ronnie und seine, wohlgemerkt nicht offiziellen, Untermieter sollten in eine unserer neu renovierten Wohnungen einziehen, einen ordentlichen Mietvertrag zu günstigen Konditionen erhalten und sogar die Umzugskosten erstattet bekommen. Anstatt diese einmalige Gelegenheit zu ergreifen, lachte mich dieser unverschämte Kerl aus. Er drohte damit zur Presse zu gehen und nannte mich eine Nazi-Schlampe. Da habe ich rot gesehen und ihm eine Ohrfeige verpasst. Er machte einen Schritt rückwärts, um mir auszuweichen. Aber da war kein Geländer mehr, das ihn hätte aufhalten können. Also stürzte er das Treppenhaus hinunter und brach sich das Genick."

„Das könnte vor Gericht noch als Unfall durchgehen", sagte Le Meur. „Doch bei Leon Schwager verhielt es sich anders, nicht wahr?"

Mit einem leichten Kopfnicken bestätigte Frau Schellenberg Le Meurs Vermutung. „Der Mistkerl tauchte in der Firma auf und verlangte auf der Stelle Karl-Heinz zu sprechen." Sie lachte höhnisch auf. „Der glaubte tatsächlich, er könne ohne Termin bei uns hereinschneien und mal so eben einen Plausch mit dem Konzernchef halten. Großspurig wie er war, prahlte er mir gegenüber mit seinem brisanten Enthüllungsmaterial, das Brodamm Bau in seinen Grundfesten erschüttern würde. Es gelang mir, ihn auf den nächsten Tag zu vertrösten. Ich folgte Leon zum Kolleg und passte eine günstige Gelegenheit ab, wo ich ihn alleine in seinem Zimmer antreffen würde. Er war überrascht, schon wieder besucht zu werden, da Sie kurz zuvor bei ihm gewesen waren." Sie verzog die Mundwinkel zu einem schiefen Lächeln und sah mir direkt in die Augen. „Ja, ich habe Sie und kurz darauf auch diese blonde Frau von der Zeitung dort gesehen. Natürlich habe ich auch Ihren Streit mit Leon mitbekommen. Besser hätte es für mich nicht laufen können, denn Sie würden den perfekten Sündenbock abgeben. Als ich freie Bahn hatte, hielt ich mich nicht lange mit dem jungen Schnösel auf und erschlug ihn mit einem schweren Schraubenschlüssel, den ich mir kurz vorher aus der Werkzeugkiste des Hausmeisters besorgt hatte. Eine längere Unterhaltung mit Leon zu führen, wäre mir unerträglich gewesen. Hier", sie drückte mir ein Blatt Papier in die Hand. „Lesen Sie mal, wie dieser primitive Kerl seinen Erpresserbrief verfasst hat!"

Ich faltete das Blatt auseinander und las: *Ihr Schweine, ihr Schweine, ihr miesen Schweine!* Die Lektüre der Anrede reichte mir. Leon war wirklich nicht die hellste Birne im Leuchter gewesen. Dennoch rechtfertigte das keinen Mord.

Nora Schellenberg ließ ihren Blick wieder durch den Raum schweifen und sagte: „Schon seltsam, wie sich manche Dinge fügen. Schon auf dem Weg zum Kolleg wusste ich, dass ich diesen Proleten umbringen würde. Doch darüber, wie ich das anstellen sollte, hatte ich mir gar keine Gedanken gemacht. Die offene und unbeaufsichtigt herumstehende Werkzeugkiste des Hausmeisters erschien mir wie ein Wink des Schicksals. Ich schnappte mir einen schweren Schraubenschlüssel und versteckte ihn unter meinem Mantel. Als Leon mir den Rücken zuwandte, holte ich das Werkzeug hervor und schlug ihm mit aller Kraft auf den Hinterkopf. Er brach sofort zusammen und blutete stark. Ich hegte keinen Zweifel daran, dass er diesen Angriff nicht überlebt hatte. Darauf achtend, dass mich niemand sah, schlich ich mich aus seinem Zimmer und verließ das Kolleg so schnell ich konnte."

Brodamm und Balser starrten die Schellenberg an, als wäre sie eine übernatürliche Erscheinung.

„Wie konntest du nur?", stieß Brodamm schließlich hervor. „Du hast zwei Menschen umgebracht!"

„Ich habe getan, was nötig gewesen war", gab sie zurück. „Das, wozu ihr beide nicht in der Lage wart."

„Ach, Mutter", Balsers Stimme war kaum vernehmbar. Wenn diese Geschichte irgendeine positive Seite hatte, dann die, dass sie Vater und Sohn einander näher brachte. Brodamm legte seine Hand auf Jonas' Schulter, als suche er dort Halt.

„Das war es dann wohl", flüsterte ich Auguste zu.

„Ich denke auch, dass wir hier fertig sind", pflichtete er mir bei.

In diesem Moment stieß Brodamm ein Röcheln aus, dem unartikulierte Laute folgten.

„Vater, um Himmels willen, was ist mit dir?", es war das erste Mal, dass ich Jonas Balser derart laut sprechen hörte.

Karl-Heinz Brodamm starrte ins Leere und schien nicht ansprechbar. Seine linke Gesichtshälfte wirkte unnatürlich verzerrt.

„Ich tippe auf einen Schlaganfall", sagte Le Meur. „Ich rufe eine Ambulanz."

Der Notarzt war innerhalb weniger Minuten zur Stelle und fuhr den alten Brodamm in Begleitung seines Sohnes ins städtische Klinikum. Nora Schellenberg schien von dem Vorgang gänzlich unberührt. Sie verfolgte die Erstversorgung und den Abtransport Karl-Heinz Brodamms ohne erkennbare Gefühlsregung.

Kapitel 20

Nachdem Le Meur die Schellenberg einer Streife übergeben hatte, überreichte er Astrid Schenk ein Diktiergerät.

„Hier die Aufnahme unserer kleinen Veranstaltung. Frau Beck hat noch etwas Bildmaterial, mit der Sie Ihre Geschichte aufhübschen können. Sind wir damit quitt?"

„Voll und ganz." Die Journalistin lächelte zufrieden. „Das dürfte reichen, damit ich wieder meinen alten Job bekomme. Ich freue mich schon darauf, meinem Chef unter die Nase zu reiben, dass er sich von einer Mörderin hat unter Druck setzen lassen."

„Nun sag schon, Auguste", drängte ich, während wir uns auf den Weg zu Schenks Auto und Jelzins roten Alfa Romeo machten. „Wie kam es dazu, dass du rehabilitiert wurdest und deinen Polizeidienst nun ohne Einschränkungen fortsetzen kannst?"

„Für einen Meisterdetektiv wie dich dürfte es nicht schwer zu erraten sein, dass ich das dieser Journalistin hier zu verdanken habe", antwortete er und deutete auf die Schenk.

„Ich hatte kürzlich ein interessantes Gespräch mit der Leitung der Polizeibehörde", sagte sie. „Ergebnis dieser Unterhaltung war die Vereinbarung, Stillschweigen über die Affäre Le Meur zu wahren und den Herrn Kommissar wieder in Amt und Würden aufzunehmen. Angesichts seiner hervorragenden Aufklärungsquote schien uns das die beste Lösung zu sein. Natürlich waren Herrn Le Meurs Vorgesetzte nur zu gerne bereit, meinem Vorschlag zuzustimmen. Kein Wunder, denn welche Alternative gab es denn? Wäre dieser Skandal ans Licht gekommen, hätten sich die Herrschaften vor aller Öffentlichkeit bis auf die Knochen blamiert. Noch dazu wäre das Vertrauen der Bevölkerung in die hiesige Polizei schwer erschüttert worden. Mein dezenter Hinweis, dass mindestens ein Mitglied der Führungsriege sich der Verantwortung für dieses Desaster stellen und den Hut nehmen müsste, reichte aus, um keinen Widerspruch aufkommen zu lassen. Sie können mir glauben, dass ich mich mit dieser Entscheidung sehr schwer getan habe."

Daran zweifelte ich keinen Augenblick. Jelzin musste die Journalistin immens beeindruckt haben. Über eine Geschichte wie die seine Stillschweigen zu bewahren, entsprach überhaupt nicht Schenks Art. Allerdings hatte sie sich ja anderweitig schadlos gehalten. Für Augustes Tonaufnahme und einen Teil der von Sigrid angefertigten Fotos erhielt Astrid Schenk die Exklusivrechte. Dieses Material war für sie der Schlüssel zu ihrer alten Wirkungsstätte.

„Kommen Sie mit uns zum Restaurant der Watzls?", wandte sich der Franzose an die Journalistin. „Da wir gerade so schön beisammen sind, wollen wir die Gelegenheit nutzen und gemeinsam ein wenig feiern."

„Würde mich auch freuen. wenn Sie dabei sind", hörte ich mich zu meiner Überraschung sagen. Derart auf die Schenk zuzugehen klang gar nicht nach mir. Ich konnte mir das nur so erklären, dass mich mein bevorstehender Abschied rührselig werden ließ. Keiner meiner Freunde wusste davon, dass heute unser letzter gemeinsamer Abend stattfinden würde. Ich hatte genug von Wiesbaden. Es war für mich an der Zeit, dieser Stadt endgültig den Rücken zuzukehren.

„Haben die Zwillinge ihren Laden heute geöffnet?", fragte die Schenk. „Sie und ihre seltsame Küchenhilfe waren doch alle hier gewesen."

„Geschlossene Gesellschaft", erwiderte ich. „Das allgemeine Publikum bleibt außen vor. Heute Abend gehört das Restaurant der Watzls uns allein."

„Wenn das so ist, bin ich gerne dabei." Sie wirkte ehrlich erfreut. So erfreut, dass sie mir anbot, wieder bei ihr mitzufahren.

„Danke, nicht nötig", antwortete ich schnell und überlegte fieberhaft, welche Alternativen mir zur Verfügung standen. Laufen würde zu lange dauern und wäre bei der gegenwärtig herrschenden Witterung ohnehin kein Vergnügen. Der Sommer hatte sich für dieses Jahr wohl endgültig verabschiedet. Die Temperaturen waren in den vergangenen Tagen bei überwiegend feuchter Witterung deutlich gesunken. Auf Busfahren hatte ich auch keine Lust. Blieben nur noch Auguste und Sigrid, die ebenso wie der Franzose einen halsbrecherischen Fahrstil pflegte. Die Erinnerung an die Fahrt mit ihr, nachdem wir seinerzeit den Lurch aufgespürt hatten und mit ihm in Sigrids blauem Mini Cooper geflohen waren, trieb mir heute noch den Schweiß auf die Stirn.[8]

„Ich fahre mit ihm", sagte ich daher und zeigte auf Auguste. Der fühlte sich durch meine Auswahl anscheinend so geehrt, dass er für die Strecke zum Restaurant der Watzls einen neuen persönlichen Rekord aufstellte.

„Sehr gut, wir sind die Ersten", sagte er und blickte sich zufrieden um, während ich noch damit beschäftigt war, mich mit meinen wackeligen Beinen aus seinem Alfa Romeo zu schälen.

Bodo und Winnie hatten sich richtig Mühe gegeben und an Dekomaterial nicht gespart. Alles wirkte ein wenig übertrieben, aber so waren die Zwillinge nun mal. Bunte Girlanden kreuzten die Decke und die Tischdekoration, bestehend aus Kunstblumen, Kerzen und Luftschlangen ließ kaum noch Platz für Teller und Besteck. Es gab ja auch mehrere Anlässe und Personen zu feiern, wie die aufgehängten Transparente verkündeten. Dass einer dieser Anlässe Augustes Weiterbeschäftigung betraf, war allerdings nicht allen Anwesenden bekannt. Astrid Schenk, meine Wenigkeit und natürlich Auguste taten gut daran, kein Wort über diese Angelegenheit zu verlieren. Nicht auszudenken, wenn die Plaudertasche Stefan Rabenacker Wind von der Sache bekäme. Chronisch pleite wie er war, würde der Lurch bestimmt versuchen, möglichst viel Geld aus der Sache zu schlagen.

Ich verscheuchte diesen Gedanken und betrachtete erneut die Transparente. *Tim Strecker, bester Detektiv der Welt* sowie *weltbester Polizist Auguste Le Meur* war da zu lesen, aber auch *Astrid Schenk, die großartigste Journalistin, die man sich denken kann.* Dieses Transparent mussten die Zwillinge in Windeseile erstellt haben, gleich nachdem sie von Schenks Teilnahme an unserer Feier erfahren hatten. Ich tat mich etwas schwer mit der überschwänglichen Ehrung der Journalistin, wollte aber nicht kleinlich sein und behielt meinen Wider-

---

8) Siehe Band 2 dieser Trilogie: VermisstenFall

spruch für mich. Kein Problem hatte ich dagegen mit dem Transparent, das Maschine zum weltbesten Computerhacker kürte. Schließlich hatte ich es den Fähigkeiten des Cyborgs zu verdanken, dass ich mit Jonas Balsers Geburtsurkunde rechtzeitig den entscheidenden Hinweis in den Händen hielt.

„Zu viel der Ehre", meinte Maschine, als sein Blick auf das ihn ehrende Transparent fiel. Die Watzls hatten auf die Teilnahme des Cyborgs an unserer Feier bestanden und ihn mit ihrem Lieferwagen zum Restaurant kutschiert. Ich fragte mich, ob mein Freund im gesamten vergangenen Jahr so viel Zeit außerhalb seiner Wohnung verbracht hatte wie heute.

„Hast du zu Beginn deiner kleinen Inszenierung vor den Verdächtigen wirklich geglaubt, dass Jonas der Mörder gewesen ist?", fragte Auguste, der den bis jetzt noch freien Platz neben mir besetzte.

„Nein," erwiderte ich. „Doch war ich mir sicher, dass Nora Schellenberg gestehen würde, um Jonas vor dem Knast zu bewahren. Dazu musste ich auf ihren Sohn nur genügend Druck ausüben. Die Schellenberg hat Jonas doch vor allem und jedem schützen wollen, so wie die meisten Mütter es immer tun. Auch Frau Adler sollte Jonas nicht zu nahe kommen, obwohl die keinerlei Interesse an ihm hatte. Selbst als Firmenerbe hätte er keine Chance bei ihr gehabt, wie uns die junge Frau glaubhaft versichert hat. Ihre Reaktion auf meine Frage nach einer Beziehung mit Jonas kam spontan und war absolut authentisch."

„Das sehe ich genauso", stimmte Auguste mir zu.

„Was diese aus ihrer Sicht bestehende Bedrohung für ihren Sohn angeht, hat Nora Schellenberg sich total geirrt, war aber zu vernagelt, um das zu erkennen."

„Jedenfalls alle Achtung, Herr Detektiv!" Auguste schien ehrlich beeindruckt. „Die Entlarvung der Mörderin hätte ich nicht besser hinbekommen. Trüge ich einen Hut, würde ich ihn jetzt vor Dir ziehen."

„Herzlichen Dank", erwiderte ich und zwinkerte ihm zu. „Ich habe schließlich vom Besten gelernt."

Bodo und Winnie Watzl verwöhnten uns mit einer Karotten-Ingwer-Suppe, die nicht von dieser Welt zu sein schien. Ihr folgten als Hauptgang eine Gemüselasagne und das aus Fruchteisbechern bestehende Dessert. Wir langten ordentlich zu und bis zum Beginn der zweiten Hälfte des Hauptgangs waren auf die Speisen bezogene Komplimente sowie vereinzelte Kaugeräusche das einzige, was die Watzls von uns zu hören bekamen.

Nach dem köstlichen Menü saßen wir noch einige Stunden beisammen und unterhielten uns lebhaft. Ich schaffte es, nach und nach mit allen Anwesenden ins Gespräch zu kommen. Als ich erste Anzeichen einer Aufbruchstimmung bemerkte, ging ich zu Bodo an den Tresen.

„Machst du mir bitte die Rechnung fertig? Ich zahle alles zusammen."

„Ist das dein Ernst, Tim?"

Bodos Frage versetzte mir einen leichten Stich. Ich konnte ihm seine Reaktion jedoch nicht verübeln. Tim Strecker war nicht gerade für seine Großzügigkeit bekannt. Vor allem, wenn sie Geld kostete. Ich legte drei gelbe Scheine auf den Tresen.

„Reicht das?"

„Da bekommst du sicher noch etwas raus", meinte Bodo und schob einen der Scheine zurück in meine Richtung. Ich schüttele den Kopf und bewegte den Zweihunderter wieder zu ihm hin.

„Vielleicht möchte jemand noch etwas trinken, dann kannst du das damit verrechnen. Den Rest könnt ihr behalten oder für einen guten Zweck spenden. Macht damit, was ihr wollt."

Bodo schien zu spüren, dass es mir Ernst war und legte die Scheine in die Kasse.

„Wie du meinst, Tim. Vielen Dank, auch in Winnies und Stefans Namen."

„Auch von mir herzlichen Dank für die Einladung, Tim", hörte ich Augustes Stimme hinter mir. Ich wirbelte herum und sah direkt in Le Meurs Augen.

„Irgendwie fühlt es sich an, als hättest du heute eine Abschiedsvorstellung gegeben", meinte er. „Kann das sein?"
„Wie kommst du denn darauf?", fragte ich zurück. „Ich brauche jetzt nur etwas Bewegung. Die Anderen werden sich gewiss auch bald auf den Weg machen."
„Ja, sicher", sagte er nur.

Kapitel 21

Die Umzugskartons waren gepackt und standen zur Abholung bereit. Morgen, im Lauf des Tages, würde die Spedition meine Habseligkeiten zu der Wohnung transportieren, die ich neu angemietet hatte. Meine künftige Adresse war ein kleiner Ort im Hintertaunus, also der Gegend, in der ich vor meinem Zuzug nach Wiesbaden gelebt hatte. Es war mein letzter Abend, den ich in der hessischen Landeshauptstadt verbringen würde. Ich ging ohne Abschied von meinen Freunden. Wahrscheinlich würden sie das nicht verstehen, aber von mir waren sie es doch nicht anders gewohnt.
Da ich unangemeldeten Besuch vermeiden wollte, hatte ich die Wohnung bereits am Morgen nach dem Frühstück verlassen und streifte seither durch die Stadt. Zunächst schaute ich bei Lea vorbei und berichtete ihr vom Abschluss meiner Ermittlungen und der Verhaftung Nora Schellenbergs.
„Werden Fabio und du hier wohnen bleiben?", fragte ich. „Die Hausverwaltung dürfte zumindest für die nächsten paar Wochen mit sich selbst beschäftigt sein. So lange hättet ihr noch eure Ruhe."
„Nein, wir haben die Schnauze voll und werden die Wohnung räumen. Eine Weile können wir bei Freunden unterkommen und dann sehen wir weiter."

Lea öffnete eine Schreibtischschublade und wühlte darin herum.

„Danke, Tim", sagte sie und drückte mir einige Euroscheine in die Hand. „Danke für alles! Tut mir leid, dass es nicht mehr ist. Das war alles, was ich zusammenkratzen konnte."

Ich wollte ihr das Geld zurückgeben, obwohl ich es wahrhaftig gut gebrauchen konnte. Die sechshundert Euro, mit denen ich das Essen bei den Watzls bezahlt hatte, waren meine eiserne Reserve gewesen.

„Nein, bitte nimm es. Du kannst es sicher gut gebrauchen, wo du doch jetzt auch umziehst."

Ich stand da, wie vom Donner gerührt. Wieso schien alle Welt zu wissen, dass ich die Stadt verlassen würde? Während ich mir selbst ein Rätsel blieb, konnten andere offenbar in mir lesen wie in einem Buch.

Als die Stille zwischen Lea und mir unangenehm zu werden drohte, löste ich mich aus meiner Schockstarre.

„Danke Lea", sagte ich und umarmte sie zum Abschied. "Mach's gut und pass auf dich auf!"

Als ich das Haus in der Niederwaldstraße verließ, sah ich gerade noch das Heck eines roten Alfa Romeos um die Ecke biegen.

Den Rest dieses Tages verbrachte ich damit, Plätze aufzusuchen, mit denen ich allerlei Erinnerungen verband. Meist waren diese von unerfreulicher Art. Doch ich scheute keinen dieser Orte und zwang mich sogar, zu jener Stelle in den Düreranlagen zu gehen, wo Maschine einst so brutal zusammengeschlagen worden war. Der letzte Gang meiner Abschiedstour führte mich nach Biebrich. Dort verharrte ich eine Weile gegenüber der Eingangstür, dem Einlass zur ebenerdigen Wohnung des Cyborgs.

Es war bereits dunkel geworden und die schmalen Schlitze der heruntergelassenen Rollläden ließen kaum Licht nach außen dringen. Den Mut, an Maschines Tür anzuklopfen, brachte ich nicht auf. Das Risiko, dass ihm ausgerechnet bei unserer letzten Begegnung die Erinnerung an mein Geständnis kommen könnte, wollte ich lieber nicht eingehen.

Keine Ahnung, wie lange ich da so stand und auf die Fassade von Maschines Behausung starrte. Irgendwann wurde mir kalt und ich trat meinen Rückweg an. Mir war klar, dass ich meine Probleme immer mitnehmen würde, egal wie oft ich meinen Wohnsitz wechselte. Auf ein unbeschwertes Leben konnte ich nicht hoffen. Der Feigling stirbt tausend Tode, der Mutige nur einen, ist eine alte Redensart, deren Wahrheitsgehalt ich jeden Tag aufs Neue erfuhr. Für mich gab es keine Hoffnung, aber die war ohnehin das grausamste Geschenk der Götter an die Menschheit gewesen, nachdem die Büchse der Pandora geöffnet worden war. Menschen nach all den Katastrophen glauben zu lassen, dass alles gut werden oder wenigstens einen Sinn haben könnte, um deren Hoffnungen dann endgültig zu zerschmettern, war die perfideste Form der Rache, die sich die Bewohner des Olymps hatten einfallen lassen können.

Es ging auf Mitternacht zu, als ich die Tür zu meiner Wohnung aufschloss. Ich ließ mich auf die mitten im Wohnzimmer stehende Couch fallen, die ich am Nachmittag von der Wand abgerückt hatte. Ich war so müde, dass mir kaum fünf Minuten später die Augen zufielen. Als ich am nächsten Morgen erwachte, hatte ich einen steifen Nacken. Ich sah auf die Uhr und stellte beruhigt fest, dass es noch nicht einmal sieben war. Zeit genug, um mich frisch zu machen und zu frühstücken. Kurz nach halb acht ließ ich die Wohnungstür hinter mir ins Schloss fallen und verließ das Gebäude, ohne mich noch einmal umzudrehen.

E N D E

Danksagung

Dank gebührt in erster Linie meiner lieben Ehefrau Anne-Rose für ihre Unterstützung und das Ertragen meiner Launen, wenn ich im Schreibprozess stecke. Du warst und bist mein Himmel auf Erden.

Danken möchte ich auch meiner überaus geschätzten Schriftstellerkollegin Petra Scheuermann für ihre Unterstützung und ihr wohlwollendes Interesse an meiner Arbeit.

Überhaupt möchte ich allen Familienmitgliedern, Freunden und Bekannten dafür danken, dass sie mich immer wieder ermutigt haben, *TodesFall* und andere Geschichten zu schreiben.

Besonderer Dank geht an Patric D. dafür, dass er mir den entscheidenden Anstoß gegeben hat, diesen Roman zu vollenden.

Über den Autor

Jürgen Edelmayer, geboren 1958 in Wiesbaden, lebt heute in einem kleinen Ort im Hintertaunus. Er schreibt mit Vorliebe Kurzgeschichten und Krimis. Der gelernte Buchhändler veröffentlichte seine erste Kurzgeschichte im Jahre 1993 und arbeitet seit 2013 als freier Schriftsteller. „TodesFall" ist nach „KnieFall" und „VermisstenFall" der dritte und abschließende Band der Wiesbaden-Trilogie mit dem Privatermittler Tim Strecker.